いいたいことがあります！

魚住直子

西村ツチカ 絵

いいたいことがあります！

もくじ

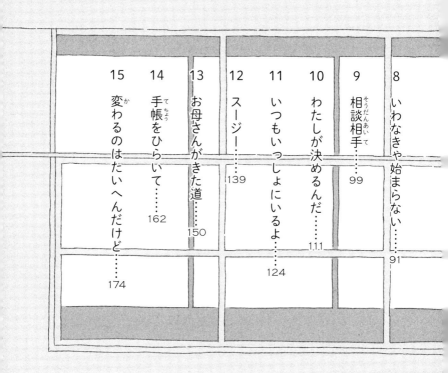

装丁　中嶋香織

1　いいたいけど、うまくいえない

小さいころは大好《だいす》きだった。

手をつなぐのがうれしかった。ひざにすわるとほっとした。

でも、いつのころからか、いっしょにいると息苦《いきぐる》しい。腹《はら》が立って嫌《きら》いだと思うこともある。

わたしがいけないいんだろうか？　わたしがわるいいんだろうか？

よくわからなくなってくる。

＊＊＊

「陽菜子《ひなこ》！」

びくっとして目をあけた。

お母さんが小さな段《だん》ボール箱《ばこ》を片手《かたて》でかかえ、上から陽菜子をにらんでいる。

「どうしてこんな時間に寝《ね》てるの？」

あわててベッドから起きあがった。時計を見ると午後六時だ。窓《まど》からオレンジ色の西日《にしび》がさしこんでいる。

お母さんは今、帰ってきたところらしい。段ボール箱をかかえていないほうの肩《かた》にはショルダーバッグをかけたままだ。

二年前に亡《な》くなったおばあちゃんの家を売ることになり、最近《さいきん》、お母さんは車で一時間ほどの、空《あ》き家《や》になったおばあちゃんの家の掃除《そうじ》によく行っている。今日《きょう》も朝から出かけていた。陽菜子が学校から帰ってきたときも、まだ帰っていなかった。

「こんな時間に優雅《ゆうが》にお昼寝《ひるね》だなんて、もちろん、やることはやったんでしょうね。」

いやみな言いかただ。ようするに塾《じゅく》の宿題《しゅくだい》はやったのかときいているのだろう。

「今からやるよ。」

陽菜子《ひなこ》はのろのろと椅子《いす》にすわった。

机《つくえ》には女の子のイラストを描《か》いたノートをひろげっぱなしだ。気がつき、急いでノートをとじた。が、おそかった。お母さんがさらに怒《おこ》った声を出す。

「また絵を描いて遊んでいたのね。」

「ちょっとだけだよ。」

「つまらないことをしてないで、やるべきことを先にやりなさいって、いつもいってるでしょ。」

つまらないってひどい、と思ったが、塾《じゅく》の宿題《しゅくだい》を先にやったほうがいいのはたしかだ。でも、六年になってから宿題の量《りょう》がふえ、内容《ないよう》もむずかしくなり、なかなか始める気になれない。

陽菜子は話をそらそうとして、お母さんがかかえている段《だん》ボール箱《ばこ》をゆびさした。

「その箱はなに？」

「これは、おばあちゃんの家を整理《せいり》してたら、わたしの物があったから、持ってかえってきたの。」

一瞬《いっしゅん》、お母さんはふだんの口調《くちょう》になったが、すぐに怒《おこ》った声にもどる。

「そんなことより、もっと優先順位《ゆうせんじゅんい》を考えなさいっていってるの。それと、洗濯物《せんたくもの》はもう片《かた》づけたわよね？」

はっとした。勉強と同じくらい、絶対《ぜったい》にやるようにいわれているのが家事《かじ》だ。しまった、という陽菜子《ひなこ》の表情《ひょうじょう》を見て、お母さんがあきれた顔になる。

「まさか、それもやってないの？」

「いや、今からやります。」

陽菜子は居間《いま》に走ると、はきだし窓《まど》からベランダに出て、洗濯物をとりこんだ。お父さんは単身赴任中《たんしんふにんちゅう》だから、陽菜子とお母さんとお兄ちゃんの三人分の衣類《いるい》やタオルだ。

なかでも、学校のジャージや野球部《やきゅうぶ》のユニフォームなど、お兄ちゃんの物が多い。ベランダと居間を三度往復《おうふく》してぜんぶとりこみ、ソファーでたたみはじめた。たたんだものはテーブルに置《お》いていく。

お母さんも台所に移動《いどう》し、今度《こんど》はキッチンカウンターのなかから文句《もんく》をいってくる。

「こんな時間まで外に出してたら、せっかく乾《かわ》いたのに、また湿《しめ》ってしまうじゃないの。」

「ごめん。」

「陽菜子《ひなこ》はほんとに頼《たよ》りないんだから。お母さんは陽菜子の年には家のことをもっとやってたよ。洗濯物《せんたくもの》をたたむとか、お風呂《ふろ》を洗《あら》うとか、そんな簡単《かんたん》な家事《かじ》だけじゃなくて、夕飯《ゆうはん》をぜんぶ一人《ひとり》で作ったり、アイロンをかけたり、恵《めぐみ》の世話をしたり。もちろん勉強もしてたし。」

またその話か。陽菜子はたたみながら、ため息をついた。今まで何回きいただろう。

お母さんは小さいときにお父さんを事故《じこ》で亡《な》くしたそうだ。そのために、お母さんのお母さん、つまり二年前に亡くなったおばあちゃんがずっと働《はたら》いていた。

おばあちゃんが仕事でいそがしいから、二人姉妹《ふたりしまい》の長女《ちょうじょ》であるお母さんが家事をやっていたらしい。料理《りょうり》、掃除《そうじ》、洗濯《せんたく》、それに六歳《さい》年下の恵おばさんの世話までして、さらに学校の成績《せいせき》もよかったという。むずかしい大学を卒業《そつぎょう》しているからたぶん事実《じじつ》だろう。

でも、勉強が特別《とくべつ》できるほうでもない陽菜子《ひなこ》からしたら、お母さんの話はいやみか自慢《じまん》にしかきこえない。

そんなことを思っていると、さらにお母さんの注意《ちゅうい》がとんできた。

「そでだたみしないで、ちゃんと『洋服屋《ようふくや》さんだたみ』をしてよ。」

「え？　あ、はい。」

手に持っていた服をもう一度ひろげ、たたみなおす。それはお兄ちゃんの野球部用《やきゅうぶよう》の黒いＴシャツだった。

服をたたむときは、お店でならんでいるように、かならず、首と胸《むね》の部分《ぶぶん》が四角く出るようにたたみなさい、とお母さんにいわれている。だけど、この黒いハイネックのＴシャツはつるつるしているから、たたみにくい。

「夕飯を食べおわったらすぐに勉強しなさいよ。もう六月よ。中学受験《じゅけん》まであと半年ちょっとなんだから。」

「わかってる。」

陽菜子は返事《へんじ》したが、ふと思いだした。

「そういえば、となりのクラスの莉紗《りさ》ちゃん、塾《じゅく》をやめたんだって。」

今日《きょう》、学校の廊下《ろうか》で会って、直接《ちょくせつ》きいたのだ。莉紗ちゃんは、陽菜子《ひなこ》とはちがう塾だけれど、やっぱり四年から通っていた。

でも今日きいたら、五年の終《お》わりにやめたそうだ。今、地元《じもと》の区立《くりつ》中学は荒《あ》れてないし、高校受験《じゅけん》にきりかえた、といっていた。

「莉紗ちゃんって、三、四年のときに同じクラスだった子？」

「うん。今はとなりのクラスだけど。」

「都立《とりつ》の中高一貫校《いっかんこう》も受けないって？」

「そういってたよ。」

お母さんは一瞬《いっしゅん》だまる。

「だから、なに？」

「えっ。」

「だから、陽菜子もやめたいってこと？」

お母さんの声は冷《つめ》たくなった気がした。

「いや、べつにそういうわけじゃないけど。」

陽菜子《ひなこ》はしどろもどろになる。正直《しょうじき》いうと、やめてもいいかも、とこのごろ思う。

お兄ちゃんが中学受験《じゅけん》したから、陽菜子も当然《とうぜん》のように四年生から進学塾《しんがくじゅく》に通いはじめた。

でも六年になってから塾の時間も長くなり、今までのように適当《てきとう》にすませることができなくなった。塾のテスト中、顔をあげると、前の子たちの背中《せなか》がすごく真剣《しんけん》そうで、自分一人《ひとり》だけ、場《ば》ちがいなところにいる気がすることもある。

お母さんが水をとめ、台所から出てきた。

「前もいったけど、陽菜子は大学附属校《ふぞくこう》を受ける予定でしょ。もし合格《ごうかく》できたら受験《じゅけん》はもうないのよ。もちろん勉強はしなくちゃいけないけど、好《す》きなこともいっぱいできるよ。あなたの好きなイラストだって描《か》けるよ。」

さっきはつまらないといったくせに、と思ったが、それはいえなかった。かわりに、

「でも、地元《じもと》の中学に行ったら、今の友達《ともだち》といっしょにいられるよ。」

といってみる。するとお母さんが笑《わら》った。

「新しい学校に行ったら、新しい友達《ともだち》がもっとたくさんできるわ。それに陽菜子《ひなこ》の小学校は中学受験《じゅけん》する子が多いでしょ。莉紗《りさ》ちゃんが受験をやめたって、ほかの子も全員、地元《じもと》の中学に行くわけじゃないのよ。」

「多いといっても三分の一もいないよ。わたしのクラスだと女子十六人中、わたしを入れても六人だもん。」

お母さんが眉《まゆ》をひそめる。

「三分の一、超《こ》えてるよ。六割《わ》る十六は〇・三七五でしょ。」

陽菜子はちょっと考えた。たしかに三分の一は小数《しょうすう》にしたら〇・三三三……だ。

「それに、颯太《そうた》だって中学がすごく楽しいっていってるわ。」

「お兄ちゃんは頭いいから。わたしとはちがうよ。」

うつむいて陽菜子はいった。

お兄ちゃんは小学校のときから野球をやっている。だからふつうよりもおそい五年の夏から塾《じゅく》に通いはじめた。それでもすぐ、いちばん上のクラスに入り、第《だい》一志望《しぼう》の男子校に合格《ごうかく》した。陽菜子は四年から通っているが、ずっと真ん中のクラスだ。

「あなたにはあなたにあった学校があるからだいじょうぶよ。」

お母さんがにっこりとした。

「でも、がんばっても入れる保証《ほしょう》はないよね？」

お母さんを見あげる。

「ほんとにがんばってるの？」

そうきかれると、陽菜子《ひなこ》はまたなにもいえなくなった。

2 幽霊《ゆうれい》でも泥棒《どろぼう》でもない女の子

すきとおった大きな瞳《ひとみ》、とがった鼻先、きゅっと結《むす》んだ小さな口もと。

大きなリボンをつけた髪《かみ》は、ふりむいた瞬間《しゅんかん》のようにふわりとひろがっている。

やった、うまく描《か》けた！

思わず陽菜子《ひなこ》は一人《ひとり》でガッツポーズをとった。

とくに瞳がうまくいった。鉛筆《えんぴつ》だけで描いたのだが、濃《こ》さをちょっとずつ変《か》えていくことで、すきとおっている感じが出せた。

目と鼻と口の位置《いち》もよい。目は離《はな》れすぎると、のんきな顔になるし、鼻に近いと、きつい顔になる。この子はちょうどいいバランスだ。明るくてやさしくて、しっかりとしている女の子に見える。

よし、これで完成《かんせい》！

陽菜子《ひなこ》は満足《まんぞく》してノートをとじた。

学校から帰ってきて三十分、夢中《むちゅう》で机《つくえ》にむかっていた。

今日《きょう》はお母さんは仕事だ。週に三日、コールセンターでパートで働《はたら》いている。もしお母さんが家にいたら、こんなことはしていられない。

でもそろそろ、出かける準備《じゅんび》をしなくてはいけない。今日はこれから塾《じゅく》だ。

そのとき、携帯《けいたい》の画面《がめん》にメッセージが浮かびあがった。見ると、となりのクラスのさくらちゃんからだ。

「ひなっち、今からうちに遊びにこない？」

陽菜子はおどろいた。

さくらちゃんは一年から四年までずっと同じクラスで、仲《なか》がよかった友達《ともだち》だ。家も近いからよく遊んでいた。でも五年にあがるクラス替《が》えで分かれて、このごろは学校で話すくらいだ。

おどろいているうちに、つぎのメッセージがきた。

「ここちゃんも今、遊びにきてるよ。」

ここちゃんというのは、さくらちゃんと今、同じクラスの子だ。陽菜子《ひなこ》は同じクラスになったことはないけれど、しゃべったことは何度かある。のんびりとした感じの子だ。

「今日《きょう》、塾《じゅく》なの。でも遊びにいきたいな。」

泣《な》き顔《がお》をつけて返信《へんしん》すると、さくらちゃんからもすぐにかえってきた。

「そうなんだ、残念《ざんねん》。わたしもひなっちと遊びたい。」

さくらちゃんからの返信にも涙がついている。

遊びにいきたいなあ、と陽菜子は携帯《けいたい》をにぎったまま、居間《いま》に行った。

居間のテーブルには小さな手さげバッグが置《お》いてある。そのなかには塾で食べるための保温式《ほおんしき》のお弁当《べんとう》が入っている。お母さんのパートと塾がかさなる日は、お母さんが出かける前に作っておいてくれる。

でも、やっぱり遊びにいきたい。

ちょっと考えてみる。

たとえば、今からさくらちゃんの家に行って、ちょっとだけ遊んで、そのあと塾《じゅく》に行くのはどうだろう？

塾は駅裏《えきうら》にある。陽菜子《ひなこ》の住んでいるマンションから歩いて十分、さくらちゃんのマンションからだと、たぶん十五分くらいだ。

塾の授業《じゅぎょう》は午後五時から八時半まで。もし一時間おくれていったら午後六時だ。最《さい》初《しょ》の算数は終《お》わりかけているけれど、そのあとの国語と理科の授業はふつうに受けられる。

実際《じっさい》、そうやっておくれてくる子もたまにいる。ただし、おくれるときや休むときは、かならず保護者《ほごしゃ》が電話連絡《れんらく》することになっているから、それが問題だ。

なんとか、お母さんのふりをして電話をかけられないかな。

居間《いま》の電話機《でんわき》の「電話帳《でんわちょう》」というボタンを押してみると、塾の番号が登録《とうろく》してあった。ここに電話をすればいいんだ。

一度さくらちゃんの家に遊びにいくと考えはじめると、その方向でしか陽菜子は考えられなくなっていた。

声に出していってみる。

「もしもし、あの、えーと、六年の佐藤陽菜子《さとうひなこ》の母ですけど、塾《じゅく》に行くのが、ちょっとおくれます。」

……どうだろう？　これで塾の人が陽菜子ではなく、お母さんからの電話だと思うだろうか。

そのとき、ことり、と音がした。

びくっとして、音がしたほうを見る。居間《いま》のとなりの和室《わしつ》からきこえた。

和室のふすまは半分、しまっている。そのむこうで音がした気がする。

陽菜子はそっと近づき、のぞきこんだ。

その瞬間《しゅんかん》、飛《と》びあがった。

「わっ！」

知らない女の子が立っている。

「だれ、だれ！」

あとずさると、女の子はこまったように頭をかいた。

「おどろかせてごめん。」

「じゃなくて、なに、なに？　幽霊《ゆうれい》？　泥棒《どろぼう》？」

女の子は目じりのさがった笑《わら》ったような顔をしている。どこかで見かけたことがあるような顔だ。

「幽霊でも泥棒でもないよ。」

女の子はまさか、というように、ちょっとおどろいた顔をして首をふった。

たしかに幽霊か泥棒に見えるかというと、どちらにも見えなかった。地味《じみ》な中学生か高校生という感じだ。

陽菜子《ひなこ》よりもだいぶ背《せ》が高く、ほっそりとしている。紺色《こんいろ》のポロシャツにジーンズをはき、おかっぱをちょっとのばしたような髪《かみ》だ。

それに不思議《ふしぎ》なのは、初対面《しょたいめん》なのに、なぜかいい人そうに見えることだ。どこかで会ったことがあるのだろうか。

「じゃ、そこでなにをしてるの？　どこから入ったの？」

「それより」と、女の子が笑《わら》った。笑顔《えがお》になるとさらに感じがいい。

「今、お母さんのふりをして電話をかけようとしてたね。」

「えっ。」

陽菜子《ひなこ》はびっくりした。

さっきのをきかれていたんだ。はずかしくて陽菜子は思わず顔をしかめた。でも女の子はにこにこしてつづけていった。

「大人《おとな》のふりをして電話をするのって簡単《かんたん》だよ。大人の言いかたを使えばいいんだから。」

「……大人の言いかた？」

「うん。名のったあとに『いつもたいへんお世話《せわ》になっております』ってつけたり、『おくれます』じゃなくて、もっと丁寧《ていねい》にいうの。たとえば、『申《もう》し訳《わけ》ありませんが、今日《きょう》は用事があるのでおくれていかせます。どうぞよろしくおねがいいたします』とか。」

陽菜子はびっくりして女の子を見つめた。それから急いで電話機《でんわき》の横にあるメモ帳《ちょう》とペンを手にとった。

「待《ま》って、もう一回いってくれる？」

「いいよ。」

女の子はもう一度同じことをゆっくりといってくれた。陽菜子《ひなこ》はそれを書きとめ、声に出して読んでみる。

「うんうん、そんな感じ。」

女の子はうなずいた。

「コツは堂々《どうどう》と話すことだよ。堂々としていると、うたがわれにくいから。」

なるほど、そういうものかもしれない。

そのとき、携帯《けいたい》の画面《がめん》にまたメッセージが浮《う》かんだ。またさくらちゃんからのメッセージだ。

「じゃあ、もしこれたらきてね。ひなっちをいつでも待ってるよ。」

最後《さいご》にハートマークがついている。

ああ、やっぱり遊びにいきたい！

陽菜子《ひなこ》はメモを見た。

よし、やるしかない！

電話機《でんわき》の塾《じゅく》の電話番号を選《えら》び、発信《はっしん》ボタンを押《お》し、受話器《じゅわき》を耳につける。呼《よ》びだし音は一度で、すぐに塾の受付《うけつけ》らしい女の人が出た。陽菜子はメモを見つめながら必死《ひっし》でいった。

「もしもし、六年の佐藤《さとう》陽菜子の母です。いつもたいへんお世話《せわ》になっております。」

「こちらこそお世話になっております。」

自然《しぜん》な返事《へんじ》がもどってきた。ほんとだ、こんなに簡単《かんたん》に大人《おとな》のふりができるなんて。びっくりしたが、まだ先がある。どきどきしながら、女の子がいったようにできるだけ堂々《どうどう》とつづきをいった。

「申《もう》し訳《わけ》ありませんが、今日《きょう》、用事があるのでおくれていかせます。どうぞよろしくおねがいいたします。」

「わかりました。丁寧《ていねい》にご連絡《れんらく》をありがとうございました。」

相手《あいて》にうたがう気配《けはい》はまったくなかった。

「やった！」

電話をきった陽菜子《ひなこ》は思わず手をたたいた。

それからはっとして見まわす。

そうだ、あの女の子は？

居間《いま》にはいなかった。となりの和室《わしつ》にもいない。廊下《ろうか》をはさんだ陽菜子の部屋とお兄ちゃんの部屋も見たけれどいない。あとは風呂場《ふろば》とトイレだ。でも、やっぱりいなかった。

ということは、電話をしているあいだに出ていったのか。

陽菜子は玄関《げんかん》のドアをあけ、マンションの外廊下《そとろうか》も見てみたが、だれもいなかった。

いったいだれだったんだろう？　首をひねりながらドアをしめる。

そういえば、だいぶ前のことだけれど、夜、玄関のドアレバーをガチャガチャ動かす音がして、お母さんがあけると、スーツ姿《すがた》の知らないおじさんが赤ら顔《あかがお》で立っていた。そのおじさんは、お母さんの顔を見るなり、「すみません」とあわてて立ちさった。

するとつぎの日、二つ上の階の真上《まうえ》に住んでいる家のおばさんがイチゴを持っておわびにきた。その家のおじさんが酔《よ》っぱらって帰宅《きたく》し、まちがった階でエレベーターをおりたそうだ。

あの女の子も、まさかお酒は飲んでいないだろうけれど、同じマンションに住んでいて階をまちがったとか、そういうことだろうか？

そこまで考えて、陽菜子《ひなこ》ははっとした。

それより、さくらちゃんだ！　さくらちゃんに返信《へんしん》しなくては。

「今から遊びにいくね。塾《じゅく》はちょっとおくれてもいいことになったから。」

送信《そうしん》すると、すかさず、「うれしい、待《ま》ってるよ！」と返信がきた。

陽菜子はわくわくして塾《じゅく》のテキストとノートを入れたリュックを背負《せお》い、お弁当《べんとう》が入った小さな手さげバッグも持って家を出た。

3 落ちていた手帳《てちょう》

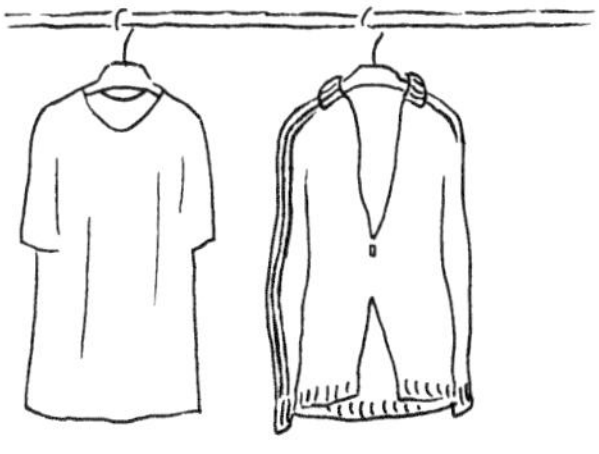

「ひなっち、すごい、じょうず！」

ノートを見たさくらちゃんが拍手《はくしゅ》した。

「ほんと。この子、かわいいね。」

ここちゃんも感心《かんしん》したようにうなずく。

「そんなことないって。」

「いや、漫画家《まんがか》になれるよ。」

「むりだよ。ストーリーとか考えられないもん。」

陽菜子《ひなこ》は首をふりながらもうれしかった。ジグソーパズルのピースがはまるようにぴったりとくる。こういう楽しい感じって、すごくひさしぶりだ。

さくらちゃんの部屋は、最後《さいご》に遊びにきたときとほとんど変《か》わっていなかった。でも持ち物はだいぶ変わっている。さくらちゃんには高校生のお姉さんがいて、いろんな物をもらえるのだ。文具やポーチ、ヘアアクセサリーなどを見せてもらったあと、三人でゲームをして、その後、陽菜子《ひなこ》は思いつき、自分のイラストのノートを見せた。

「でも、本当にじょうずだねえ。」

まださくらちゃんがいってる。ここちゃんもとなりでうんうん、とうなずいている。陽菜子はくすぐったい気分で首をすくめた。

五時半まで遊んだら、さくらちゃんの家を出て、塾《じゅく》にむかうつもりだった。でも五時半になっても楽しくて、「帰る」となかなかいえなかった。さくらちゃんも、ここちゃんも気にしていないようだし、さくらちゃんの家族もまだ帰ってこないから、そろそろ帰りなさい、という大人《おとな》もいない。外はまだ十分《じゅうぶん》明るくて、遊んでいてもいい感じだ。

あっというまに六時になり、さらに五分、十分とたっていく。さすがにドキドキしてきたが、それでもいいだせない。

六時半になったとき、ここちゃんがぱっと立ちあがった。

「あっ、こんな時間だ。わたし帰らなきゃ。」

「わたしも！」

陽菜子《ひなこ》も急いでいった。

「またきてね」と、さくらちゃんは笑顔《えがお》で陽菜子とここちゃんをマンションの一階まで見おくってくれた。

マンションの前で、ここちゃんとわかれると、陽菜子の鼓動《こどう》はさらに速《はや》くなる。お弁当《べんとう》の入った小さな手さげバッグが、さっきよりも重い。

どうしよう。これから塾《じゅく》に行ったら、ほとんど七時だ。ちょっとおくれます、と電話したけれど、ちょっとどころではなくなってしまった。

家にそっと帰ると、まだだれもいなかった。お兄ちゃんは学校が遠く、部活《ぶかつ》もあるから帰宅《きたく》はいつも七時半ごろだ。

お母さんは仕事の日、七時前後に帰宅《きたく》するけれど、今日《きょう》のような陽菜子《ひなこ》が塾《じゅく》の日に何時ごろ帰ってきているのかは知らない。

おくれます、と塾に電話したけれど、休みます、ともう一度電話したほうがいいだろうか。迷《まよ》ったが、もう一度お母さんのふりをして電話をするのは、さすがに気がひけてできなかった。

自分の部屋に入り、手さげバッグを机《つくえ》に置《お》いた。お弁当《べんとう》をとりだし、ふたをあけると、あたたかい手作りのカレーとごはん、それにゆでたブロッコリーやアスパラのサラダがそれぞれの容器《ようき》に入っている。

陽菜子はそのまま食べはじめた。自分の机で食べるのは、ままごとのごはんを食べているようで味がしなかった。それでもむりやり口に押《お》しこみながら、お母さんが帰ってきたらどう言《い》い訳《わけ》をしようか、と考えた。

おなかがいたくて早退《そうたい》したことにしようか?

いつもどおりに塾に行き、休けい時間にお弁当もふつうに食べたのだが、おなかがいたくなって帰ってきたことにするのだ。

実際《じっさい》、陽菜子《ひなこ》はたまにおなかがいたくなる。いたみは強いけれど、トイレに行けばけろりとおさまる。でも、家のトイレじゃないと行きづらいから、トイレに行くために帰ってきた、と説明《せつめい》するのだ。

そして、家でトイレをすませたら元気になったから、塾《じゅく》にもう一度行こうかと思ったけれど、中途半端《ちゅうとはんぱ》な時間になってしまったから、家で勉強することにした、というのだ。

よし、これがいい。とくに「塾にもう一度行こうかと思った」というところがいい。

ほっとすると、急にカレーの味がしはじめた。

食べおわったお弁当箱《べんとうばこ》を台所に持っていく。

その瞬間《しゅんかん》、夕方のあの女の子のことを思いだした。本当にあれはだれだったんだろう？

お弁当箱を手ばやく洗《あら》ってから、ふすまの裏《うら》の、女の子が立っていたところを見た。

畳《たたみ》に手帳《てちょう》が落ちている。ひろって見ると、茶色いビニールカバーがかかった縦長《たてなが》の薄《うす》い手帳だ。

陽菜子《ひなこ》は表紙《ひょうし》と裏表紙《うらびょうし》をひっくりかえしながら、この地味《じみ》な感じはお父さんの手帳《てちょう》だと思った。お父さんとお母さんの物がしまってある棚《たな》が近くにあるから、そこから落ちてきたのかもしれない。

なかをめくってみると、紙は黄《き》ばんでいて、なにも書かれていないページがずっとつづいていた。未使用《みしよう》の古い手帳らしい。

そう思ったとき、最後《さいご》のページだけ、とつぜん、見ひらきでびっしりと書かれていた。

わるい親は、子どもを見ていない。
見ていても、外がわだけだ。心は見ていない。
見ていないくせに、自分がさせたいことを押《お》しつける。
しかも、それを自分で意識《いしき》していないから、たちがわるい。

黒いボールペンで書かれた、丸《まる》みをおびた女の子のような字だった。

文章《ぶんしょう》はつづく。

親は、わたしは子どものためを思っている、子どものために生きている、と平気《へいき》でいう。

子どものほうもまだ一人《ひとり》で生きていけない。

だから、親にいわれたとおり、がんばってしまう。

親は、自分が絶対《ぜったい》に正しいと思いこんでいる。

自分の子どもだから、絶対にわかりあえると信《しん》じている。

でも、正しさはひとつじゃない。

わかりあえるのも、相手《あいて》の気持ちを大事にしたときだけだ。それは他人同士《たにんどうし》のときと同じだ。

わたしは、親に支配《しはい》されたくない。わたしは、わたしの道を行きたい。

最後《さいご》までいっきに読んだ陽菜子《ひなこ》は頭をたたかれたような衝撃《しょうげき》を受けた。

これ、なんなんだろう、だれが書いたんだろう？

つぎをめくると、そこはもう表紙《ひょうし》の裏側《うらがわ》で、ADDRESS《アドレス》、TELEPHONE《テレフォン》、と持《も》ち主《ぬし》について書くスペースになっている。どこも空欄《くうらん》だが、NAME《ネーム》のところだけ、文章《ぶんしょう》と同じ丸い字で「スージー」と書いてある。

スージー、ということは、この手帳《てちょう》の持ち主は女の子なんだ。お父さんのじゃない。

陽菜子《ひなこ》は、あっと思った。

ということは、あの女の子の手帳じゃないか。

そうだ、きっとあの子が落としていったんだ。あの子がスージーというんだ。でも外国人には見えなかったから、あだ名だろうけれど。

そのとき、玄関《げんかん》のドアがひらく音がした。

どすどす、乱暴《らんぼう》に廊下《ろうか》を歩く音がしたかと思うと、中学校の制服姿《せいふくすがた》のお兄ちゃんが顔を出した。

「あれ、陽菜子じゃん。」

お兄ちゃんは和室《わしつ》にいる陽菜子を見ておどろいた。

「おまえ、今日《きょう》は塾《じゅく》じゃないの？」

陽菜子《ひなこ》はあわてた。

「あ、えっと。」

手帳《てちょう》のことで頭がいっぱいで、さっき考えた言《い》い訳《わけ》をさっと思いだせない。

「ちょっと、いや、すごく、おなかがいたくて、早退《そうたい》してきたんだけど、家に帰ってトイレに行ったら、治《なお》って、」

そこまできいたお兄ちゃんは、「あ、そう」と興味《きょうみ》なさそうに自分の部屋に行ってしまった。

陽菜子はほっとして、手帳を持って急いで自分の部屋にもどり、机《つくえ》について塾《じゅく》のテキストをひろげた。勉強しているふりをしなくてはいけない。

少しすると、「陽菜子！」と、お兄ちゃんの声がした。

居間《いま》に行くと、Tシャツに着がえたお兄ちゃんがテレビを見ながらテーブルでカレーとサラダを食べていた。

「早く洗濯物《せんたくもの》を片《かた》づけろよ。」

「え？」

「洗濯物《せんたくもの》を片《かた》づけるの、陽菜子《ひなこ》の仕事だろ。」

居間《いま》の天井《てんじょう》からぶらさがっている二つのつり輪《わ》に、室内用の物干《ものほ》しざおがわたしてあり、そこに洗濯物がならべて干してある。

陽菜子が塾《じゅく》でお母さんがパートの日は、お母さんはベランダに干さずに、最初《さいしょ》から室内に干していく。

「塾の日は、わたしはやらなくてていいんだよ。」

陽菜子はむっとしていった。

「でも今日は早く帰ってきたんだろ。テレビを見るのにじゃまだから早くやれって。」

「そんなの、お兄ちゃんが自分で片《かた》づけたらいいじゃん。洗濯物でいちばん多いのはお兄ちゃんのユニフォームとかジャージなんだから！」

陽菜子はそれだけいうと、お兄ちゃんがなにかまたいいかえしてくる前に、自分の部屋にもどってドアをしめた。

机《つくえ》についても、まだ腹《はら》が立つ。

本当に自分で片《かた》づければいいのだ。どうしてわたしにさせようとするんだろう。

だいたい、お兄ちゃんはいつだってそうだ。洗濯物《せんたくもの》もたたまなくていいし、食器《しょっき》も洗《あら》わなくていいし、料理《りょうり》の手伝《てつだ》いだってしなくていい。お兄ちゃんがやるのは、週末《しゅうまつ》にお風呂《ふろ》の浴槽《よくそう》を洗うくらいだ。

「どうしてお兄ちゃんは家事《かじ》をしなくていいの？」と、前にお母さんにきいたこともある。お母さんの返事《へんじ》は「颯太《そうた》には時間がないでしょ。あの子は家にいないからむりよ」だった。それにしても、やっぱり不公平《ふこうへい》だ。

しばらくしてお母さんが帰ってきた。陽菜子《ひなこ》を見ると「どうしたの？」とおどろいていたが、陽菜子はまだ腹《はら》が立っていたので、早退《そうたい》したという作り話をかえって堂々《どうどう》といえた。

お母さんはまったくうたがわなかった。それどころか、「もう一度、塾《じゅく》に行こうかと思ったけど」というところで、予想《よそう》どおり、「うんうん」と満足《まんぞく》そうにうなずいていた。

4　なにかちがう気がする

学校について、六年生の教室がならぶ三階にあがると、さくらちゃんとここちゃんが廊下《ろうか》でおしゃべりをしていた。

「おはよう、ひなこちゃん。」

ここちゃんが、階段《かいだん》をあがってきた陽菜子に先に気がついた。

「おはよう、ここちゃん、さくらちゃん」と、陽菜子もかえす。

「きのう、ひなっちが遊びにきてくれて、すごく楽しかった。」

「わたしもひさしぶりに遊べてすごく楽しかった。ありがとう。」

「ひなっち、あのあと塾《じゅく》に行ったの？」

「それが、さぼっちゃったのだ。」

陽菜子《ひなこ》は冗談《じょうだん》っぽくいった。いいづらいけれど、かくすのも変《へん》だ。

「えっ。」

さくらちゃんも、ここちゃんも、おどろいた顔になる。

「どうして？　まにあわなかったの？」

ここちゃんが心配そうにたずねる。

「というか、たまには休んでもいいやって思って。ひさしぶりに遊べてすごく楽しかったし。」

陽菜子が笑《わら》っていうと、さくらちゃんはすぐに笑顔《えがお》にもどった。

「そうか。そうだよ。ひなっちも、たまには遊んだほうがいいよ。」

でも、ここちゃんは心配そうな表情《ひょうじょう》のままだ。

「ほんとにだいじょうぶだから。たまにはいいの。」

陽菜子はここちゃんにむかって、もう一度笑《わら》ってみせた。

自分の教室に入り、机《つくえ》に荷物をしまった。とんとん、と後ろから肩《かた》をたたかれる。

ふりかえると、同じクラスのハシモだ。

「きのう塾《じゅく》、さぼったって？」

「えっ、どうして知ってるの。」

「今、廊下《ろうか》でしゃべってたでしょ。横を通ったとき、きこえたよ。」

「あ、そうなんだ。」

ちょっと気まずい。ハシモは陽菜子《ひなこ》と同じクラスで、いつもいっしょにいる子だ。背《せ》が高く、堂々《どうどう》とした感じの子だ。勉強も運動もよくできる。塾にも通っていて、御《ご》三家《さんけ》とよばれる女子校に入れるんじゃないか、と噂《うわさ》されている。

「最初《さいしょ》はおくれていくつもりだったんだけど、思ってたよりおそくなったから、さぼっちゃった。」

陽菜子は苦笑《にがわら》いした。

「塾には連絡《れんらく》しなかったの？」

「それは、えっと、お母さんのふりをして、というか。」

陽菜子《ひなこ》は言葉をにごした。結局《けっきょく》、遅刻《ちこく》ではなく欠席《けっせき》してしまったが、あのあと、塾《じゅく》のほうから連絡《れんらく》はなかったから、ほっとした。

「でも、とにかくうまくいったから、だいじょうぶ。」

「そう。」

ハシモはちょっとだまった。

「わたしね、このあいだ冷蔵庫《れいぞうこ》にあったプリンをこっそり食べて、それを弟のせいにしたんだ。」

とつぜんなんの話だろう。陽菜子はハシモの顔を見た。

「そしたら、すぐにばれちゃってね。わるいのはわたしなんだけど、わたしがウソをついたもんだからけっこうこじれて、お母さんと弟と大げんかになったの。こんなことなら最初《さいしょ》から本当のことをいえばよかったって思った。」

「へえ。」

陽菜子はハシモから視線《しせん》をはずしながら、ちょっとむっとした。プリンと塾はちがう。塾をさぼるほうが大きな出来事《できごと》だし、それだけの意味もある。

「わたしさ、本当のことというと、最近《さいきん》、塾《じゅく》にあんまり行きたくないんだよね。ハシモは勉強ができるから、わたしみたいなバカの気持ちはわからないと思うけど。」

「ひなはバカじゃないよ。」

ハシモが怒《おこ》ったようにいった。

「自分のことをそういうふうにいうのは絶対《ぜったい》やめたほうがいいよ。」

はあ、とため息が出る。

となりのクラスだったら、本当によかった。

ハシモは意地悪《いじわる》じゃないし、わるい人でもないと思う。

でも時々《ときどき》、押《お》しつけがましい。

もしとなりのクラスだったら、さくらちゃんもいるし、ここちゃんもいるし、塾をやめた莉紗《りさ》ちゃんもいる。もっとゆるゆると楽しそうだ。

家に帰ると、お母さんがソファーにすわり、深刻《しんこく》そうな顔で携帯《けいたい》で話をしていた。

居間《いま》に入ってきた陽菜子《ひなこ》をちらりと見たが、またすぐに眉間《みけん》にしわをよせる。

もしかして塾《じゅく》から？　陽菜子《ひなこ》ははっとした。「昨日《きのう》はどうして休んだんですか」と電話がかかってきたのかもしれない。

「そうそう、そうなのよ。」

お母さんがあいづちを打《う》った。

よかった、と陽菜子は胸《むね》をなでおろした。丁寧語《ていねいご》じゃないということは、相手《あいて》は塾じゃない。

「あの人って、たいしたことじゃないのに自慢《じまん》するから嫌《いや》になるわよねえ。このあいだも、ホウレン草《そう》のキッシュを作ってきたでしょ。野木《のぎ》さんは自慢そうにしてたけど、キッシュって簡単《かんたん》なのにね。」

どうやら野木さんという人の悪口《わるぐち》をいっているらしい。たしか、お兄ちゃんの小学校時代の野球チームのお母さんの一人《ひとり》だ。お兄ちゃんは小学校を卒業《そつぎょう》して一年以上《いじょう》たつのに、お母さん同士《どうし》はまだ時々《ときどき》集まってごはんを食べている。

「パイシートは冷凍《れいとう》だっていってたの？　それならやっぱり簡単だわ。うちもよく作るんだけど、あれって、中の具《ぐ》を作ってオーブンで焼《や》くだけなのよ。でも、すごいわね、ってほめなきゃね。野木《のぎ》さんは、すごいっていわれたい人だもんね。」

お母さんは、ばかにしたように笑《わら》った。

陽菜子《ひなこ》は自分の部屋に行き、学校の宿題《しゅくだい》をした。学校の宿題はほっとする。漢字をくりかえして書くとか、算数の問題も塾《じゅく》にくらべると簡単で量《りょう》も少ない。

しばらくやっていると、お母さんが部屋に入ってきた。

「さっきはごめんね。電話中だったから、おかえりがいえなくて。すぐ勉強してえらいね。」

お母さんはバナナケーキとミルクティーを机《つくえ》に置《お》いた。バナナの甘《あま》いにおいがただよってくる。お母さんは仕事に行かない日は、だいたい手作りのおやつを作ってくれる。

「学校はどうだった？　保護者《ほごしゃ》あてのプリントはない？」

「ないよ」

陽菜子は漢字を書きながら答える。

お母さんは部屋を出ていかなかった。本棚《ほんだな》のふちにほこりを見つけたらしく、ティッシュを一枚《まい》とってふきはじめた。

「わたし、となりのクラスだったらよかったな。」

陽菜子《ひなこ》はつぶやいた。

「どうして？」

お母さんはちょっとおどろいた顔になる。

「今のクラスが嫌《いや》なの？」

「べつに嫌じゃないけど。」

漢字を書く手をとめ、お母さんを見あげた。

「となりのクラスだったら、さくらちゃんとか、ここちゃんとか、莉紗《りさ》ちゃんとか、仲《なか》のいい子がいるから。今のクラスは、ハシモと二人《ふたり》グループだもん。」

「橋本《はしもと》さんもいい子じゃない。しっかりして頭がよくて。」

「でも、ちょっとえらそうというか……。」

「そんなことないよ、陽菜子の考えすぎよ。」

「だってわたし、ハシモからお説教《せっきょう》されるんだよ。」

「それは陽菜子《ひなこ》が頼《たよ》りないから、ひっぱってくれるのよ。お友達《ともだち》の悪口《わるぐち》をいったらだめよ。」

お母さんはぴしゃりといった。

土曜の朝、お父さんが居間《いま》のテーブルについて新聞を読んでいた。その前日の深夜《しんや》、最終便《さいしゅうびん》の飛行機《ひこうき》で、地方の単身赴任先《たんしんふにんさき》から東京に帰ってきたのだ。

「おはよう。」

陽菜子がいうと、お父さんは新聞の上から顔を出した。

「おう、陽菜子、元気にしてたか？」

お父さんはうれしそうに陽菜子を見る。

「陽菜子は土曜日は休みなんだな。颯太《そうた》は朝早くから学校に行ったけど。」

「あら、陽菜子もお昼から塾《じゅく》よ。」

お母さんはいいながらテーブルにごはん、焼鮭《やきじゃけ》、卵焼《たまごや》き、お味噌汁《みそしる》、山盛《やまも》りのサラダ、果物《くだもの》、とならべていく。ふだんの朝は、トーストに、卵と野菜《やさい》がちょっと、それにヨーグルトだ。でもお父さんが帰ってきていると朝食は和食《わしょく》になり、品数《しなかず》がふえる。

「塾《じゅく》は楽しいか。」

お父さんが新聞をたたみながら陽菜子《ひなこ》にたずねた。

陽菜子はだまったまま首をかしげた。すると、お父さんも陽菜子の真似《まね》をしてだまったまま首をかしげた。それからおかしそうに笑《わら》った。

「まあ、好《す》きなようにすればいいよな。」

「それはこまるわ。そろそろ本気を出してくれなきゃ。」

三人で朝ごはんを食べたあと、陽菜子は食器《しょっき》を流《なが》しに運《はこ》んで洗《あら》った。

お母さんはコーヒー豆《まめ》をひいていたが、手をとめ、ソファーにうつったお父さんを見た。

「先週、あなたの実家《じっか》、行ってきたのよ。」

お父さんの実家はとなりの区《く》にある。お母さんのほうは二年前におばあちゃんが亡《な》くなってだれもいなくなってしまったけれど、お父さんのほうは、おじいちゃんもおばあちゃんも元気だ。時々《ときどき》、お母さんがようすを見にいっている。

「電子《でんし》レンジがこわれたから買いかえたんだって。年金暮《ねんきんぐ》らしだから安いのしか買えなかったって文句《もんく》をいってた。」

「ふうん。」

お父さんはお母さんを見ずに、あぐらをかいてタブレットを見ている。

「お義母《かあ》さんがこういうの。『あなたのところの電子レンジは最新式の高機能《こうきのう》のやつでしょ。息子《むすこ》ががんばって稼《かせ》いでるから、高いのを買えていいわね』って。」

お母さんはそれきりだまってまた豆《まめ》をひきだした。ごりごりという音と、コーヒー豆の香《かお》りが部屋中《へやじゅう》にひろがっていく。

お父さんがはっとしたように顔をあげて、お母さんを見た。

「それで?」

「それだけ。」

お母さんは肩《かた》をすくめた。

「ただ、あなた一人《ひとり》だけが、がんばってる言いかたするなんてひどいと思っただけ。」

お父さんが苦笑《にがわら》いしながら頭をかいた。

「それはどうもすいません。うちのばかな母が失礼《しつれい》なことをいいまして。」

「そうやってまた口先《くちさき》だけであやまるんだから。」

お母さんはさらに不機嫌《ふきげん》な表情《ひょうじょう》になる。

「あーあ、今まで何回、お義母《かあ》さんにいわれたことか。息子《むすこ》はたいへんだけど、久美子《くみこ》さんは優雅《ゆうが》におうちにいられていいわよねえって。わたしだってパートだけど仕事してるし、子どものことも家のことも、わたしがぜんぶ一人《ひとり》でやってるのに、あなたのお金で遊んで暮《く》らしてるみたいにいわれるのはおかしくない？　わたしには自由《じゆう》になる時間もお金もぜんぜんないのに。」

陽菜子《ひなこ》は思わず笑《わら》った。

「それはいいすぎでしょ。お母さんだって友達《ともだち》とランチしたり、しゃべったり、夜は一人でドラマを見たりしてるじゃん。」

「おお、ナイスフォロー！」

お父さんが笑って陽菜子にむかって親指をたてる。陽菜子は調子《ちょうし》にのってさらにいった。

「結局《けっきょく》、お母さんだって、お父さんが働《はたら》いたお金で暮《く》らしてるんでしょ。」

とつぜんお母さんが手をとめ、うつむいた。

陽菜子《ひなこ》ははっとする。しまった、今のはいいすぎただろうか。

お父さんも気になったらしい。「おい、どうした」と、心配そうな声に変《か》わる。

お母さんはうつむいたままいった。

「わたしは転勤《てんきん》についていくために仕事を辞《や》めたのよ。べつに楽《らく》なんかしてないわ。」

「だからさ、うちの親のいうことなんか、気にしないでくれって。がんばってるのは知ってるから。ほら、陽菜子だってそう思うだろ？　おまえたちの世話《せわ》はお母さんが一人《ひとり》でやってくれてるんだ。感謝《かんしゃ》してるよな？」

「え、まあ……。」

たしかにお母さんは一人でやっているのかもしれない。でも、なにかちょっとちがう気がする。

お母さんが顔をあげて陽菜子を見た。

「最近《さいきん》、あなたと話していると悲しくなるわ。わたしはいつも陽菜子《ひなこ》のためを思ってるのに。」

5　ずるい言いかた

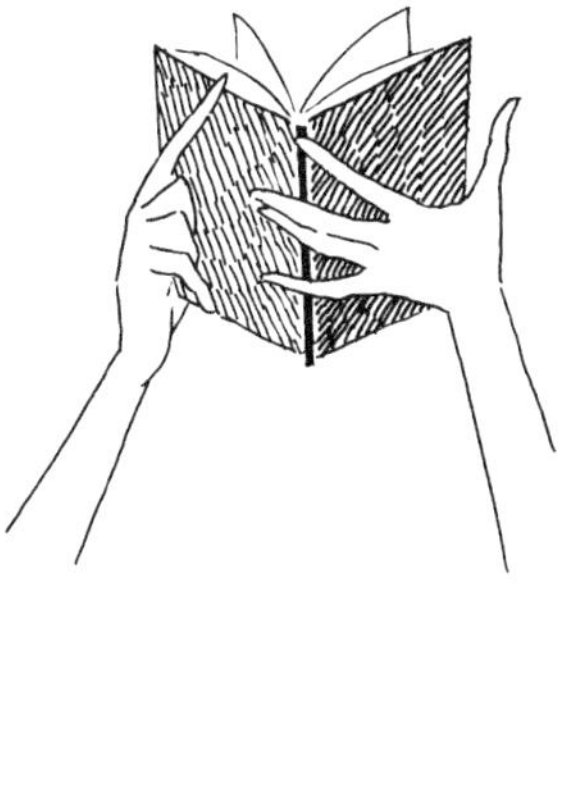

塾《じゅく》に行く途中《とちゅう》、マンションとビルに四方《しほう》をかこまれた公園に立ちよった。ジャングルジムとブランコ、すべり台があり、塾に通いはじめる前、小三までは友達《ともだち》と時々《ときどき》遊びにきていた。

今でも塾までちょっと時間があるとき、ここで時間をつぶす。すみのベンチに腰かけると、思わずため息が出た。

お母さんにああいう言いかたをされると、ちょっと落ちこむ。正直《しょうじき》いって、このごろ、お母さんが嫌《いや》だなとよく思う。でも、陽菜子《ひなこ》やお兄ちゃんのためにいろいろやってくれているのは知っている。だから「悲しい」といわれたら自分がわるかった気がしてくる。

でも、なんだかなあ。

陽菜子《ひなこ》はもう一度ため息をつくと、リュックのポケットに手を入れて、茶色い手帳《てちょう》をとりだした。あの女の子、スージーの手帳だ。

また会えないかなと思い、いつもリュックのポケットに入れている。マンションのエントランスや近所を歩いているときも、時々《ときどき》さがすけれど、見かけたことはない。

陽菜子は最後《さいご》のページをひらいた。


わるい親は、子どもを見ていない。

見ていても、外がわだけだ。心は見ていない。

見ていないくせに、自分がさせたいことを押《お》しつける。

しかも、それを自分で意識《いしき》していないから、たちがわるい。

親は、わたしは子どものためを思っている、子どものために生きている、と平気《へいき》でいう。

子どものほうもまだ一人《ひとり》で生きていけない。

だから、親にいわれたとおり、がんばってしまう。

親は、自分が絶対《ぜったい》に正しいと思いこんでいる。

自分の子どもだから、絶対にわかりあえると信《しん》じている。

でも、正しさはひとつじゃない。

わかりあえるのも、相手《あいて》の気持ちを大事にしたときだけだ。それは他人同士《たにんどうし》のときと同じだ。

わたしは、親に支配《しはい》されたくない。わたしは、わたしの道を行きたい。


本当にこのとおりだ、と陽菜子《ひなこ》は深くうなずいた。

お母さんは自分だけが正しいと思いこんでいる。それを押《お》しつけてくるのだ。だから嫌《いや》なのだ。

その瞬間《しゅんかん》、とん、と肩《かた》をたたかれた。

顔をあげると、目の前に女の子が立っていた。あの女の子だ。

陽菜子《ひなこ》はあわてて立ちあがった。ひろげていた手帳《てちょう》を急いでとじ、女の子にさしだす。

「あの、これ、ごめんなさい！　ずっとかえしたかったんだけど、勝手《かって》に読んじゃって。」

「あ、わたしの手帳だ。」

女の子はのんきそうにいった。陽菜子はちょっとほっとする。

「勝手に読んで、本当にごめんなさい。」

「ぜんぜんいいよ。」

女の子は手帳を受けとると、陽菜子のとなりにすわった。よく見ると、このあいだと同じポロシャツにジーンズだ。

「ひなこちゃんだったよね？」

女の子はにっこりとした。陽菜子ももう一度すわりながら、またびっくりした。

「どうして知ってるの？」

「塾《じゅく》に電話するとき、そういってたでしょ。」

そういわれたらそうだ。でもすごい記憶力《きおくりょく》だ。

陽菜子《ひなこ》が思ったことが伝《つた》わったのか、女の子は肩《かた》をすくめた。

「わたし、記憶力だけいいの。」

「いや、そんな。……でも、その記憶力、わたしもほしいです。」

女の子はおかしそうに笑《わら》った。

「あのあと、電話のとおり、おくれていったの？」

「いや、それが休んじゃったの。ひさしぶりに友達《ともだち》と遊んだら楽しくてつい。」

「あるある、そういうことってあるよね。」

女の子はうなずく。

「あの、お姉さんはスージーさんっていうの？　ごめんなさい、手帳《てちょう》で勝手《かって》に見たんだけど。」

「そんなに何度もあやまらなくていいから。そうだよ、スージーって呼《よ》ばれてるの。もちろんあだ名だけどね。」

「スージーさんはこのへんに住んでるんですか。もしかしてうちと同じマンション？」

「まあ、だいたいこのあたりだけど、『スージーさん』はやめて。スージーでいいし、ふつうにしゃべって。」

「あの、じゃ、スージーは中学生？」

「そう、中二だよ。」

「えっ？　じゃあ、うちのお兄ちゃんと同《おな》い年《どし》だ。」

「へぇ、ひなこちゃんって、お兄ちゃんがいるんだ。どんなお兄ちゃん？」

「どんなって。」

洗濯物《せんたくもの》を片《かた》づけろ、といわれたことを思いだし、また腹《はら》が立つ。

「いばってるやつ。勉強と運動ができて、いやみなやつ。だいたいお兄ちゃんが塾《じゅく》に行ったから、わたしも行くことになったの。」

「お兄ちゃんとひなこちゃんはちがうんだし、ひなこちゃんが行きたくないならやめたらいいじゃない。」

スージーは不思議《ふしぎ》そうに首をかしげた。

「そんなの、お母さんがゆるしてくれないよ。」

「やめたいっていっても？」

「なんとなくいってるんだけど……。」

でも、はっきりといったことはない。

なぜだろう。……たぶん、今やめると、これまでの勉強がもったいない気がするのかもしれない。とりあえず最後《さいご》までやったほうがいいかな、と思う自分がいる。

だけど、莉紗《りさ》ちゃんのように塾《じゅく》をやめたという話をきくと、うらやましくもなる。

でも、これから受験《じゅけん》まではさらにたいへんだろうと思うと、しりごみする気分になる。

「なんだか、自分でもよくわからなくて。」

うんうん、とスージーがまたうなずいた。

「それより、その手帳《てちょう》に書いてあること、すごいね。」

陽菜子《ひなこ》は手帳をゆびさした。

「すごい？」

「だってぜんぶそのとおりなの。わたしのお母さんのことみたい。」

「えっ」と、スージーがびっくりした顔になる。

「ひなこちゃんのお母さんもなの？　わたし、わたしのお母さんのことを書いたんだけど。」

「うちのお母さんも同じだよ。自分が正しいと思ってて、それを押《お》しつけてくるの。わたしが意見をいうと、あなたと話すと悲しくなるっていうし。でも、そんなふうにいわれると、やっぱりわたしがわるい気がしてくるんだよね。」

思いだすと、やっぱりちょっと落ちこむ。

「それは気にしなくていいよ。」

スージーはきっぱりといった。

「親が子どもにむかって『悲しくなる』っていうのは、子どもに罪悪感《ざいあくかん》を感じさせてだまらせるずるい言いかただよ。子どもは親が好《す》きだから、悲しませたくないでしょ。親はそこにつけこむんだよ。そんな言いかたはしないで、はっきりと『あなたはわるい』といえばいいのに。」

そういわれたら、たしかにそうかもしれない。

「『あなたはわるい』っていわれたら、どこがわるいのかをきけるし、ちがうと思ったら反論《はんろん》もできるけど、感情的《かんじょうてき》に『悲しい』っていわれたら、そこで話が終《お》わっちゃう。」

スージーは手帳《てちょう》を陽菜子《ひなこ》にさしだした。

「よかったら、これ、ひなこちゃんにあげる。」

「えっ、いいの？　大事な手帳《てちょう》なんでしょ？」

「わたしは、自分の気持ちを整理《せいり》して書いたから、もうだいじょうぶ。もしこの手帳が必要《ひつよう》な人がいるなら、ぜひあげたいの。」

「もらう、ありがとう！」

お母さんに腹《はら》が立ち、頭がごちゃごちゃになっていいかえせないとき、これを読んだらすっきりする。

腕時計《うでどけい》を見ると、塾《じゅく》が始まる時間だ。

「もう行かなきゃ。」

陽菜子はあわてて立ちあがった。

「また会える？　連絡先《れんらくさき》、交換《こうかん》してくれる？」

いいながら携帯《けいたい》をとりだそうとすると、スージーは頭を横にふった。

「交換しなくてもだいじょうぶ。わたしに会いたいときは、その手帳《てちょう》をひらいて。そしたらいつでも会えるから。」

それは、教えたくないということだろう。陽菜子《ひなこ》はがっかりした。でも、スージーはいたずらっぽい口調《くちょう》でつづけた。

「だって、今もそうだったでしょ？　ひなこちゃんがこの手帳を読んでたら、わたしと会ったでしょ？」

それはたしかにそうだ。もう時間がない。陽菜子はうなずいた。

「じゃあ、会いたくなったらこの手帳をひらくね。」

スージーに手をふり、公園を走りでた。体がさっきよりもずいぶん軽くなった気がした。


その日の夕方、塾《じゅく》から帰った陽菜子は考えた。

スージーはどこに住んでいるんだろう。

偶然《ぐうぜん》通りかかったようだったから、やっぱり近所だ。

となると、小学校は陽菜子《ひなこ》やお兄ちゃんと同じ小学校だろうか。それなら、お兄ちゃんと同《おな》い年《どし》だから、お兄ちゃんの小学校の卒業《そつぎょう》アルバムにのっているということになる。

陽菜子は、まだ帰っていないお兄ちゃんの部屋にこっそりと入り、本棚《ほんだな》から卒業アルバムを引っぱりだして、自分の部屋に持ちこんだ。

調べても、スージーに似《に》ている女の子はいなかった。一人《ひとり》、「すず」という名前の女の子がいた。この名前だとあだ名が「スージー」になる、と思いついたけれど、顔の感じがぜんぜんちがう。「すず」という女の子はいわゆるキツネ顔だ。でも、スージーは目は大きくないけれど、目じりがたれ、笑《わら》ったような顔をしている。

ということは、ちがう小学校出身《しゅっしん》なんだ。

陽菜子はあきらめて、アルバムをとじた。このあたりはマンションやビル、住宅《じゅうたく》が密集《みっしゅう》している。小学校も歩ける範囲《はんい》に三つあるし、私立《しりつ》の小学校に通っている子もいる。

陽菜子《ひなこ》は茶色い手帳《てちょう》をとりだして、じっと見た。

それから、あの丸い字が書いてあるページをひろげた。

……スージー、会いたいです。

心のなかで祈《いの》ってみる。

その瞬間《しゅんかん》、ノックの音がした。


うそ！

陽菜子は息をのんだ。

ひらいたドアから顔をのぞかせたのはお母さんだった。なんだ、と力がぬける。

「今日《きょう》は夜ごはん、外に食べにいくよ。」

おかあさんは朝の言い合いなんてなかったように普通《ふつう》の顔をしている。

「あと三十分くらいでお兄ちゃんが帰ってくるから、そしたらすぐ出るよ。陽菜子もそのつもりでいてね。」

「わかった。」

「あと、それから。」

お母さんはいいにくそうに少し口ごもった。

「朝はごめんね。ちょっと感情的《かんじょうてき》になっちゃって。」

「べつにいい。」

陽菜子《ひなこ》はそっけなくいった。するとお母さんはむっとした顔になった。

「でも最近《さいきん》、陽菜子がお母さんに意地悪《いじわる》なのは、たしかだよね。」

「そう思ってるなら、あやまる必要《ひつよう》ないじゃん。」

お母さんは一瞬《いっしゅん》おどろいた顔になったが、なにもいわずにドアをしめた。

陽菜子はお母さんにすぐにいいかえした自分におどろいていた。

6　ほめられてうれしいこと、うれしくないこと

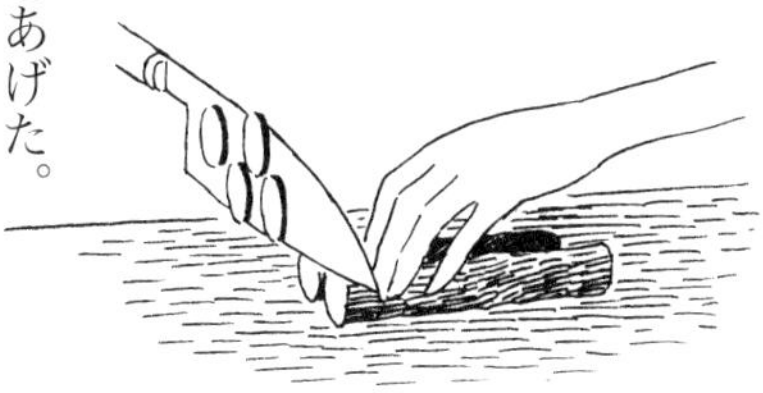

「すごい！」と、となりでジャガイモをゆでていたハシモが声をあげた。

「なにが？」

キュウリを輪切《わぎ》りしていた陽菜子《ひなこ》はびっくりして手をとめた。

「切るのがすごく速《はや》いね！　薄《うす》くてそろってる。ひなって料理《りょうり》ができるんだね。」

おおげさな、と陽菜子は顔をしかめた。

「キュウリの輪切りくらいで料理ができるっていわないよ。」

「いうよ。わたし、そんなに速くきれいに切れないし、ほかのグループも見てごらん。ひながいちばん速いから。」

そういわれて家庭科室《かていかしつ》を見まわすと、となりのグループも、後ろのグループも、ちょうどキュウリを輪切《わぎ》りしている子がいる。どちらも信《しん》じられないくらいぎこちなくゆっくりで、しかも厚《あつ》い。

「ね？　ひなは速《はや》くてきれいでしょ。すごいよ。」

ハシモは本気で感心《かんしん》しているらしい。

陽菜子《ひなこ》は複雑《ふくざつ》な気分だった。なんでもできるハシモから「すごい」といわれたらわるい気はしない。

でも、それほどうれしくない。いつも家で切らされているから慣《な》れているだけだ。みんなはキュウリを切らずにすんでいるんだろう。

陽菜子の家では、キュウリを輪切りしたり、薬味《やくみ》のねぎをこまかく切ったり、大根《だいこん》をおろしたりするのは、小学校に入学したころから陽菜子の役目《やくめ》だ。ほかにもごはんをたいたり、お味噌《みそ》をといたり、フライや唐揚《からあ》げの衣《ころも》をつけたり、といった作業《さぎょう》もよくさせられる。

でも陽菜子は料理《りょうり》が好きじゃない。料理だけじゃなくて、食器《しょっき》を洗《あら》うのも嫌《きら》いだ。

だいたい水で手がぬれている状態《じょうたい》がいやなのだ。

将来一人暮《しょうらいひとりぐ》らしするようになったら、とたまに想像《そうぞう》する。

家事《かじ》なんてなんにもしたくない。ごはんは食べにいくか、買ってくる。洗濯《せんたく》はクリーニングに出すか、家で洗《あら》ったとしても「洋服屋《ようふくや》さんのたたみかた」なんか絶対《ぜったい》やらない。たたまれた服が四角くなくてもいい。台形《だいけい》でも、丸でもかまわない。

棚《たな》のふちにほこりがたまっていてもいいし、ポテトサラダに入れるキュウリの輪切《わぎ》りが分厚《ぶあつ》くてもいい。というか、むしろ歯《は》ごたえがあっていいかもしれない。

そう思いながら、陽菜子《ひなこ》は薄《うす》いキュウリの輪切りをつづけた。

家庭科室《かていかしつ》から自分の教室にもどるとき、さくらちゃんに廊下《ろうか》でよびとめられた。

「ひなっち、このあいだうちに遊びにきたときに見せてくれた絵のノート、今日《きょう》、持ってる？　莉紗《りさ》ちゃんに話したら、見たいんだって。」

「持ってるよ。」

陽菜子《ひなこ》は自分の教室に入り、机《つくえ》からノートを出してとなりの教室に行った。

莉紗《りさ》ちゃんに見せると、「ほんとだ！」と、目をまるくした。

「この女の子の絵、ひなっちが考えて描《か》いたの？」

「そうだよ。」

「なにかを見て、うつしたとかじゃなくて？」

「うん、自分で勝手《かって》に考えて描いた。」

「すごい、漫画家《まんがか》みたい。」

「だからいいすぎだって。」

そういいながらも陽菜子の顔はほころんでしまう。自分が好《す》きなことでほめられるのは、なんてうれしいんだろう。

「ね、ひなっちって、プロになれそうでしょ。」

さくらちゃんがとなりでいう。

「ほんとにそういう道は考えないの？」

莉紗ちゃんにまたきかれて、陽菜子は頭をふった。

「ストーリーとか考えたことないもん。ただ、こういう絵を描《か》くのが好《す》きなだけ。それに、こんなの描いたってつまらないって、いつもお母さんにいわれてるし。」

さくらちゃんが顔をしかめた。

「親って、すぐそういうこというよね。大きな夢《ゆめ》を持ちなさいっていうわりには、自分が嫌《いや》なものとか、よくわからないものだと、すぐ反対《はんたい》するよね。あれって矛盾《むじゅん》してない？」

そのとおりだと陽菜子《ひなこ》も思う。莉紗《りさ》ちゃんが腕組《うでぐ》みをした。

「ひなっち、こういうイラストの能力《のうりょく》をみがけばいいのに。もったいないよ。」

そうだ、とさくらちゃんが手をたたいた。

「今日《きょう》、ひなっちも、またうちに遊びにおいでよ。今日は莉紗ちゃんもくるんだよ。ここちゃんも入れて四人で遊ぼう。」

えっ、今日もまたちょうど塾《じゅく》だ、どうしよう、と思ったのは、一瞬《いっしゅん》だった。すぐにまた、お母さんのふりをして電話をすればいい、と陽菜子は思った。

「うん、行く！」

陽菜子《ひなこ》がうなずくと、莉紗《りさ》ちゃんも、さくらちゃんも、「やった」とハイタッチした。

さくらちゃんの家で遊ぶのは、やっぱりとても楽しかった。

「ひなっちも同じクラスだったら、よかったのにね。」

莉紗ちゃんの言葉に、陽菜子も心からうなずいた。

「わたしもそう思う。」

「でも、今日も塾《じゅく》だったんじゃない？」

ここちゃんが心配そうにたずねる。

「そうなんだけど、お母さんのふりをして休みますって電話で連絡《れんらく》しといたから、だいじょうぶ。」

しかも今回《こんかい》は「用事があるのでおくれていきます」ではなく、「用事があるので休みます」といった。電話に出てきたのは、このあいだと同じ女の人のようだった。今回もうたがっているようすはぜんぜんなく、前回と同じように「わかりました。ご連《れん》絡《らく》ありがとうございました」という返事《へんじ》だった。

「ひなっちって意外《いがい》に大胆《だいたん》!」

さくらちゃんがびっくりする。莉紗《りさ》ちゃんも一瞬《いっしゅん》、おどろいた顔になったが、すぐに笑《わら》った。

でも、ここちゃんだけは笑っていなかった。もっと心配そうな顔になった。

さくらちゃんの家から帰ると、前と同じように行動した。まずお弁当《べんとう》を自分の部屋の机《つくえ》で急いで食べ、塾《じゅく》のテキストをひらいた。そしてすぐにかくせるようにして絵を描《か》いた。

三十分ほどしてお兄ちゃんが帰ってきた音がしたが、陽菜子《ひなこ》は自分の部屋から出なかった。するとお兄ちゃんも陽菜子に声をかけてこなかった。

お母さんの帰りは前回よりもずっとおそく、午後九時をすぎていた。部屋にいる陽菜子を見ると、少しおどろいた。

「あら、陽菜子の帰りのほうが早かったのね。わたしは今日《きょう》は、同じパートさんの送別会《そうべつかい》だったからおそくなっちゃった。」

陽《ひ》菜《な》子《こ》がふつうに塾《じゅく》に行って帰ってきたと思っているらしい。陽菜子はほっとした。

お母さんはつかれたようすだった。

7 衝突《しょうとつ》

玄関《げんかん》のカギをあける。うちのなかはしんとしている。

お母さんは仕事の日じゃないけれど、どこかに出かけているらしい。

やった！　今日《きょう》は塾《じゅく》もないし、ゆっくりすごせる、とよろこんだのは一瞬《いっしゅん》だった。

居間《いま》に入った陽菜子《ひなこ》は立ちすくんだ。

お母さんがいる。居間のテーブルにほおづえをつき、じっとしている。お母さんの前には、家の電話の子機《こき》がころがっている。

「……あの、ただいま。」

小声《こごえ》でいうと、

「おかえり。」

お母さんはぶっきらぼうに答えた。陽菜子《ひなこ》を見なかった。

やっぱりへんだ。

でも、どうしたの？　とはこわくてきけない。

自分の部屋に入り、ランドセルをしまい、手を洗《あら》う。

それから自分の家事《かじ》をした。

すぐにベランダに出て洗濯物《せんたくもの》をとりこみ、和室《わしつ》に持っていってたたむ。衣類《いるい》はぜんぶ、『洋服屋《ようふくや》さんだたみ』で四角くきっちりとたたみ、それぞれの部屋に運《はこ》んだ。そのあいだもお母さんはなにもしゃべらず、じっとすわっている。

ぜんぶ終《お》わると、陽菜子は自分の部屋に逃《に》げこんだ。とたん、お母さんの声がした。

「陽菜子、こっちにきなさい。」

居間《いま》にもどると、お母さんは前にすわるように指でしめした。陽菜子はそっとむかいの椅子《いす》にすわる。

お母さんは真顔《まがお》で陽菜子を見つめた。

「塾《じゅく》を勝手《かって》に休んだのね。」

……やっぱりばれたんだ。陽菜子《ひなこ》はうつむいた。

「さっき塾から電話があったの。昨日《きのう》休んだ算数のプリントをとりにきてくださいって。」

お母さんは頭をふった。

「わたし、信《しん》じられなかった。陽菜子がわたしのふりをして電話をしたんでしょ。それも二回も。塾の人と話がかみあわなくてこまったわ。」

「ごめんなさい。」

陽菜子は頭をさげた。

「あなたはいつのまに平気《へいき》でうそをつく子になったの？　お母さんは悲しくてたまらないわ。」

あ、また『悲しい』だ、と頭をさげたまま思う。スージーのいっていた、子どもに罪悪感《ざいあくかん》を感じさせる言いかただ。

「どうしてうそをついて休んだの？　家にいたかったの？」

「ちがう。」

陽菜子《ひなこ》は顔をあげ、お母さんを見た。

「さくらちゃんに誘《さそ》われて、さくらちゃんの家に遊びにいったの。」

「それなら、さくらちゃんの家に遊びにいったあと、塾《じゅく》に行けばよかったじゃない。」

「最初《さいしょ》はそう思ったけど、おそくなったから休んだの。」

「じゃ、お弁当《べんとう》は家で食べたの？」

陽菜子がうなずくと、お母さんは、はあっと大きなため息をついた。

「もう嫌《いや》になるわ。仕事と塾がかさなる日、こっちがどんなにいそがしい思いをしてお弁当を作ってるかわかってないのね。」

「わかってる。ごめんなさい。」

お母さんがテーブルを強くたたいた。

「わかってないわ！　お母さんがどんなに陽菜子のためを思っていろいろやってるか、ぜんぜんわかってないじゃないの。」

お母さんの眉《まゆ》がつりあがり、口がゆがむ。

怒《おこ》った人間の顔って、なんて醜《みにく》いんだろう、と陽菜子《ひなこ》は思った。怒っても人の心を動かすことはできない。反発心《はんぱつしん》がわくだけだ。

「なによ、その顔は！　お母さんの話をきいているの！」

お母さんはさらに大声を出した。お母さんが怒れば怒るほど、陽菜子は冷静《れいせい》になっていく。だいたい、わたしはあやまったけれど、自分だけがわるいとは思えないのだ。

「ほんとかな。」

陽菜子は口をひらいた。

「なにがよ。」

「わたしのためっていうけど、ほんとかな。わたしのためじゃなくて、お母さんのためじゃないの。お母さんの思いどおりにさせたいだけじゃないの。」

お母さんはあきれた表情《ひょうじょう》になる。

「なにをいってるの？　わたしはぜんぶ、陽菜子のためを思ってやってるのに。」

「うそをついたのはわるいと思う。ごめんなさい。でも、遊びたかったの。最近《さいきん》、放《ほう》課後《かご》に友達《ともだち》と遊んでないから、誘《さそ》われたとき、すごくうれしかった。」

「塾《じゅく》のない日に遊べばいいでしょ。」

「でも、お母さんは、塾のない日でも先に勉強しろっていうでしょ。そしたら遊びになんか行けないし、うちで絵を描《か》いてたって、つまらないことをするなっていうじゃない。」

「それはね、優先順位《ゆうせんじゅんい》がまちがってるからです。だいたい、お絵描《えか》きなんて中学に入ってからゆっくりすればいいの。」

お絵描きって、なんてひどい言いかただろう。陽菜子《ひなこ》がかっとしたとき、マンションの入り口のチャイムが鳴りひびいた。

お母さんも陽菜子も我《われ》にかえり、モニター画面《がめん》を見る。

マンションの建物《たてもの》一階の入り口に立っているのは女の人で、宅配便《たくはいびん》の人ではなさそうだ。お母さんは受話器《じゅわき》をあげると、

「あら、こんにちは。」

たちまち、よそゆきの声に変《か》わった。

「まあ、そうなの？　はいはい、どうぞ。」

お母さんはモニターの受話器《じゅわき》を置《お》くと、陽菜子《ひなこ》を見てまた低《ひく》い声にもどった。

「ちょっと、ここで待《ま》ってなさい。人がくるから。話のつづきはそのあとよ。」

少しして今度《こんど》は家の玄関《げんかん》のチャイムが鳴った。お母さんはドアをあけ、だれかとしゃべりだした。

陽菜子は椅子《いす》から立ちあがり、居間《いま》と廊下《ろうか》をしきるガラス戸越《どご》しに玄関をうかがった。すると、おばさんがパンをお母さんにわたしているのが見えた。

「これね、うちのホームベーカリーで焼《や》いたの。たくさん焼いたから、もしよかったらと思って。」

「まあ、ありがとう。」

お母さんはきげんのいい声でいう。

「いつもごめんね。野木《のぎ》さん、お料理《りょうり》じょうずだからうれしいわ。」

陽菜子は気がついた。あれは前にお母さんが電話で悪口《わるぐち》をいってた野木さんだ。

そのとき、野木さんが、ガラス戸越しにのぞいている陽菜子に気がついた。

「あら、そこにいるのは陽菜《ひな》ちゃんじゃない？　おひさしぶり。」

野木《のぎ》さんは陽菜子《ひなこ》に小さく手をふった。陽菜子はあわてて会釈《えしゃく》をした。

お母さんがびっくりしたようにふりかえると、陽菜子をにらみつける。こっちに出てくるな、という顔だ。

その顔を見て、陽菜子は決めた。

ガラス戸をあけると、玄関《げんかん》に近づいた。

「ホームベーカリーのパン、うちでもよく食べますよ。」

陽菜子はいっきにいった。

「え？」

野木さんが陽菜子の顔を見て、きょとんとする。

「ホウレン草《そう》のキッシュも、うちでもよく作ります。お母さん、いつも簡単《かんたん》だっていってます。」

野木さんはぽかんとしていたが、はっとした表情《ひょうじょう》に変《か》わった。

「そうなの？　パンもキッシュも、お宅《たく》でもよく焼《や》くの？」

お母さんがうろたえた。

「そんなことないわ。たまに作るくらいよ。野木《のぎ》さんのキッシュはおいしいから、うちのとはちがうわよ。それに、このパンだってきっとおいしいわ。」

「やだ、お宅《たく》でもよく作ってるならそういってよ。いつも押《お》しつけちゃってごめんなさい。」

野木さんはお母さんからパンをさっととりかえすと、すぐに帰っていった。

玄関《げんかん》のドアがしまる。お母さんがゆっくりとふりむいた。見たことがないくらい顔がこわばっている。

「どうしてなの！」

お母さんは怒鳴《どな》った。

「どうして、あんなことをいうの！」

「だってお母さん、このあいだ、あの人の料理《りょうり》はめいわくだって、いってたじゃない。」

「ひどい、人の電話を盗《ぬす》み聞《ぎ》きしたのね！」

お母さんの顔が赤くなる。

「盗《ぬす》み聞《ぎ》きなんかしてないよ。お母さんが居間《いま》で、人の悪口《わるぐち》をべらべらしゃべってるから、きこえてきただけ。」

「あれは悪口じゃない。ちょっと愚痴《ぐち》をいってただけよ。」

「それならわたしだってそうだよ。」

「わたし？　なんの話よ。」

「ハシモのこと。わたしだって、ちょっと愚痴をきいてほしかっただけ。それなのに、お母さんはまるで審判《しんぱん》みたいに『お友達《ともだち》の悪口をいうのはだめ』っていったよね。」

お母さんは一瞬《いっしゅん》あせった顔になり、口ごもったが、すぐにまたいった。

「大人《おとな》と子どもが同じだと思ってるの？　子どもはまちがうの。だから大人が正しいことを教えるのよ。」

「でも、お母さんが正しいとはかぎらないよ。」

「どこがまちがっているっていうの？」

「そんなの、いっぱいある。」

「どんなことよ。」

「たとえば、お兄ちゃんがなにもしなくていいのはどうして？」

「お兄ちゃん？　どうしてここで颯太《そうた》が出てくるの。今、関係《かんけい》ないでしょ。」

「関係あるよ。わたしは家の手伝《てつだ》いをやらなきゃいけない。でもお兄ちゃんはしなくていいのはどうして？」

お母さんは、ああ、またそのことね、と肩《かた》をすくめた。

「いい？　颯太は小学校のときからずっと野球をやってて、あの子には時間がないでしょ。中学生になった今は電車通学だし、ぜんぜん時間がないのに、いつ家事《かじ》をやらせるのよ。」

「家にいるときだってたまにあるよ。」

「それは学校の定期試験《ていきしけん》の前でしょ。定期試験の前だから部活《ぶかつ》が休みなの。勉強しなくちゃいけないから家のことをさせる時間はないの。」

「そんなことをいうなら、わたしだって毎日、塾《じゅく》の試験前だよ。それでも家事をさせられるんだよ。」

「塾と学校はちがうでしょ。」

お母さんがあきれたようにちょっと笑《わら》った。

「それに、あれくらいの家の手伝《てつだ》いで、どうしてそんなに文句《もんく》をいうのか、お母さんには本当にわからない。食器洗《しょっきあら》いだって、手でぜんぶ洗うわけじゃないでしょ。ざっと汚《よご》れを落として食器洗い機《き》にならべているだけじゃない。あれのどこがたいへんなの？　お母さんは子どものころ、最後《さいご》までぜんぶ手で洗ってたのよ。それに料理《りょうり》も掃除《そうじ》もアイロンがけもやってた。もちろん勉強もちゃんとしてたし。」

また同じ話だ。陽菜子《ひなこ》はかっとした。

「お母さんが子どものころ、どうだったかとか、そんなの関係《かんけい》ないよ。お母さんとわたしはちがうんだから。」

「ちがうけど、女というのは同じよ。女は勉強も家事《かじ》も両方できたほうがいいの。だから陽菜子だってそうするべきなの。わたしのほうが人生経験《じんせいけいけん》が長いんだからわかってるのよ。」

お母さんとの言い合いは果《は》てしなかった。いくらいいかえしても、またいいかえされる。

結局《けっきょく》、負けるのはわたしなのか。そう思ったとたん、くやしくて目が熱《あつ》くなる。でもダメだ。泣《な》くと負けだ。

「わるい親は、自分がさせたいことを押《お》しつけるんだよ。しかもそれを自分でわかってないから、たちがわるい！」

陽菜子《ひなこ》は怒鳴《どな》った。スージーの言葉だ。

お母さんがひるんだ。そのすきに自分の部屋に行き、リュックのポケットから手帳《てちょう》をとりだし、うちを出た。

8　いわなきゃ始まらない

公園に行くと、ジャングルジムで小学校低学年《ていがくねん》の男の子が三人、鬼《おに》ごっこをして遊んでいた。

陽菜子《ひなこ》はまた、すみのベンチにこしかけた。

腹《はら》が立ってたまらない。お母さんはどうしてわたしの気持ちがわからないのだろう。どうして自分のいいたいことばかりいうんだろう。どうしてわたしの気持ちをわかろうとしないのだろう。

陽菜子は手帳《てちょう》を見つめた。

それからゆっくりと最後《さいご》のページをひらいた。

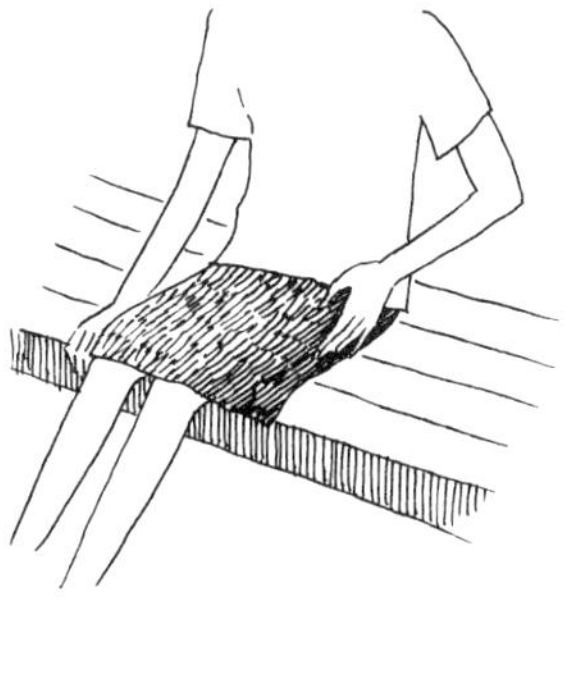

親は、自分が絶対《ぜったい》に正しいと思いこんでいる。

自分の子どもだから、絶対にわかりあえると信《しん》じている。

でも、正しさはひとつじゃない。

わかりあえるのも、相手《あいて》の気持ちを大事にしたときだけだ。それは他人同士《たにんどうし》のときと同じだ。

わたしは、親に支配《しはい》されたくない。わたしは、わたしの道を行きたい。


本当にそうだ。ここに書いてあるとおりだ。

陽菜子《ひなこ》は目をつぶった。

スージーに会いたいです。もし本当にこられるならきて。

十秒《びょう》か、二十秒。かすかに風を感じて目をあけると、目の前にスージーが立っていた。

「えっ。」

陽菜子《ひなこ》は息をのんだ。

「どうしてびっくりするの？」

いつもと同じ、紺色《こんいろ》のポロシャツにジーンズをはいたスージーが、おかしそうにいう。

「……だって、ほんとにきてくれたから。」

すぐにきて、とねがった。でも、本当にすぐにあらわれるとは思っていなかった。

「ひなこちゃんのおねがいをきいたのにひどいなぁ。」

スージーが口をとがらせた。ごめん、と陽菜子があわててあやまると、うそだよ、とスージーは笑《わら》ってとなりにすわった。

「それより、なにかあったの。」

「それが……、ついに塾《じゅく》をさぼったことがお母さんにばれたの。」

「そうか、ばれちゃったんだ。」

スージーはあっさりといった。

「でも、いいんじゃない。ひなこちゃんがたまには遊びたいと思っていること、お母さんもわかってるほうがいいよ。」

「うん。わたしもお母さんのいうことはおかしいってずっと思ってたから、それもぜんぶいったの。そしたら、すごい言い合いになっちゃって。でも、いくらいってもお母さんはぜんぜんわかってくれないし、もう嫌《いや》で嫌でたまらない。」

本当に髪《かみ》をかきむしりたい気分だ。

「ほんとにお母さんって、子どもの気持ちがわからない人だよね。」

スージーもため息をついた。

「でも、ひなこちゃん、自分の気持ちをちゃんといえてえらかったよ。相手《あいて》がわからなくても、いわなきゃ始まらないもん。」

「そうかな。」

「そうだよ。わたしなんてお母さんにずっといえなかった。だから、その手帳《てちょう》に書いたんだけど。」

「えっ、スージーはお母さんに今でもいってないの？」

「うん。」

「じゃあ、ずっと仲《なか》がわるいままま？」

「いや、仲がわるいというより、わたしの気持ちをわかっていないまま、かな。」

「それって嫌《いや》じゃない？」

「しかたないの。もうどうしようもないから。」

スージーは肩《かた》をすくめた。

どういう意味だろう。お母さんにいえない事情《じじょう》があるのだろうか。でも、スージーはそれ以上《いじょう》、自分のことは話さなかった。

「とにかく、ひなこちゃんが思ってることをちゃんというってすごく大切《たいせつ》なことだよ。ひなこちゃん、えらかった。」

そういわれると、ちょっとほっとする。やっぱりスージーにきてもらえてよかった。

そのとき、陽菜子《ひなこ》のスカートのポケットに入れていた携帯《けいたい》電話がふるえはじめた。

携帯を出すと、お母さんからの電話だ。無視《むし》してまたポケットに入れる。でも、ずっと振動《しんどう》しつづける。しかたなく陽菜子は電話に出た。

「はい。」

「家を飛《と》びだしていったけど、家のかぎは持ってるんですか。」

お母さんは怒《おこ》っているのをおさえたような丁寧《ていねい》な口調《くちょう》だった。

「かぎ？」

「わたし、歯医者《はいしゃ》を予約《よやく》してるの。今から行ってくるから。」

ポケットに手を入れると、かぎも入っている。

「持ってる。」

陽菜子《ひなこ》も不機嫌《ふきげん》に答えると、お母さんも「そう」といって電話はきれた。

なんて嫌《いや》な話しかただろう。やっぱり、お母さんは自分がわるいとは思っていないのだ。

でも、腹《はら》は立つけれど、少しすっきりした気もする。スージーがいうように自分の気持ちをいえたのは、やっぱりよかったのかもしれない。

携帯《けいたい》をポケットにしまい、となりを見た。

「あれっ？」

スージーがいない。

立ちあがって公園を見まわす。小学校低学年《ていがくねん》の男の子たちがあいかわらずジャングルジムで鬼《おに》ごっこをしているだけで、それ以外《いがい》の人はいない。

電話に出た時間はほんの少しだったのに、そのあいだに帰ってしまったんだ。電話が終《お》わるまで待《ま》っていてくれたらいいのに。そう思うと、さびしかった。

でもへんな気もする。スージーがベンチから立ちあがり、歩きさる気配《けはい》は感じなかった。それとも、その気配を感じないくらい、わたしはお母さんとの電話に集中《しゅうちゅう》していたのだろうか。

スージーはいつもとつぜんあらわれ、煙《けむり》のように消える。幽霊《ゆうれい》じゃないよ、と最初《さいしょ》のときいったけれど、もしかしてわたしにだけ見える幻《まぼろし》だったらどうしよう。でも、あそこまでリアルな幻ってあるだろうか。

陽菜子《ひなこ》はわからなくなり頭をふった。それからぼんやりと手に持っている携帯《けいたい》を見た。

そうだ、お父さんに電話してみようか。

お父さんならわたしの気持ちがわかってくれるだろうか。いや、わからないか。

どっちだろう、予測《よそく》がつかない。

お父さんってちょっと不思議《ふしぎ》な感じがする。単身赴任《たんしんふにん》しているせいかもしれないけれど、家族なのに、しかもお金を稼《かせ》ぐという重要《じゅうよう》な役《やく》をやっているのに、家族のレギュラーじゃない気がする。人数が足《た》りない試合《しあい》のときだけやってくる臨時《りんじ》のメンバーという感じだ。

でも、話せば意外《いがい》に味方《みかた》になってくれるかもしれない。今の時間はまだ仕事中だろうから夜になったら電話してみよう、と陽菜子《ひなこ》は思った。

9　相談相手《そうだんあいて》

陽菜子《ひなこ》が家に帰ると、電話でいっていたとおり、お母さんはいなかった。
これから、さくらちゃんちに遊びにいこうかなと思ったが、もう夕方だ。それに、あれだけお母さんと言い合いしたばかりだし、さすがにさくらちゃんちに行かないほうがいいだろう。
絵でも描《か》こうと思ったけれど、おちつかず、自分の部屋と居間《いま》を行ったり来たりしていると、居間の家の電話が鳴りはじめた。留守番《るすばん》電話はセットされていない。電話《でんわ》機《き》の画面《がめん》に「恵《めぐみ》おばさん」と出ている。お母さんの妹だ。
「もしもし。」

電話に出ると、

「あっ、陽菜《ひな》ちゃん。」

おばさんの元気な声がきこえてくる。

「ひさしぶり。去年《きょねん》の法事《ほうじ》以来《いらい》かな。」

「そうですね。」

「そうですねって、あはは。他人行儀《たにんぎょうぎ》だねえ。」

おばさんはおかしそうに笑《わら》った。

「おねえちゃんはいる？」

「今、歯医者《はいしゃ》に行ってます。」

「そうか、歯医者か。」

おばさんは、お母さんと姉妹《しまい》だけれど、感じのちがう人だ。

お母さんはまじめで、なんでもきっちりやらないと気がすまない感じだが、独身《どくしん》の恵《めぐみ》おばさんはもっと自由《じゆう》な雰囲気《ふんいき》だ。今は横浜《よこはま》の会社で働《はたら》いているけれど、若《わか》いころはオーストラリアに行ってホームステイしたり仕事もしていたそうだ。

「じゃあ、いいや。こっちからまた電話するから。」

おばさんが電話をきろうとする。

陽菜子《ひなこ》はぱっと思いだした。お母さんは、本当に自慢《じまん》するほど家事《かじ》をしていたんだろうか。勉強もしていたんだろうか。

「おばさん、ちょっと待《ま》って。とつぜんだけど、うちのお母さんって、子どものころ、家事をやってた？」

「かじ？」

「洗濯《せんたく》とか料理《りょうり》とか掃除《そうじ》とか。」

「ああ、その家事ね。やってた、やってた、すごーくやってた。」

「すごく？」

「うん。わたしなんて、おねえちゃんが作ってくれたごはんで大きくなったようなもんよ。わたしたちのお母さんがごはんを作るのは日曜日だけだったからね。いや、日曜日だって、お客《きゃく》さんとゴルフに行ったりして、うちにいなかったっけ。わたしの担任《たんにん》の先生との面談《めんだん》も、おねえちゃんが行ってくれたし、そのうえ、勉強もよくできたし。」

やっぱり本当なんだ。きくんじゃなかった、と陽菜子《ひなこ》は後悔《こうかい》した。

「とにかく努力家《どりょくか》よ。あなたのお母さんって人は。」

陽菜子がだまると、おばさんがたずねる。

「どうしたの。なにかあった？」

「なんでもない。じゃあね。」

陽菜子は急いで電話をきった。


そのあと陽菜子は自分の部屋にこもっていた。しばらくしてお母さんが帰宅《きたく》した物《もの》音《おと》がしたが、陽菜子のようすは見にこなかった。それに夕飯《ゆうはん》の準備《じゅんび》の時間になっても、料理《りょうり》を手伝《てつだ》うよう呼《よ》びにこなかった。

七時半をまわってから「ごはんよ」とお母さんによばれて、学校から帰ってきたお兄ちゃんとお母さんと三人で食べはじめた。お母さんと陽菜子は目をあわさず、ひとこともしゃべらなかった。お兄ちゃんだけがテレビを見て、時々笑《ときどきわら》っている。

食べおわると、いつものように陽菜子《ひなこ》は食器《しょっき》を流しに運《はこ》び、すぐに洗《あら》いはじめた。

するとお母さんがとなりにやってきて、水をとめた。

「やらなくていい。」

お母さんはまだ怒《おこ》っているのだ。

「いいよ、やるから。」

陽菜子もぶすっとしていいかえす。

「やらなくていい。たったこれくらいの食器の片《かた》づけでも、陽菜子にとってはどうせたいへんなんでしょ。」

陽菜子はまた腹《はら》が立つ。やっぱり、お母さんはわかってない。

「たったこれくらいって思うなら、お母さんが自分でやればいいじゃん。」

「家事《かじ》を家族で分担《ぶんたん》するのはあたりまえのことです。」

「それならお兄ちゃんにもさせなよ。」

お兄ちゃんは陽菜子とお母さんの言い合いにも気がつかず、テレビを見て笑《わら》っている。

「とにかく家事《かじ》の分担《ぶんたん》については、これから考えます。」

お母さんがいった。

「だからそれまでは陽菜子《ひなこ》もいっさい、やらなくていい。でも塾《じゅく》をさぼるのは絶対《ぜったい》だめ。休みたいときはお母さんにいいなさい。」

陽菜子はその夜、自分の携帯《けいたい》からお父さんに電話をしてみた。お父さんにメールはしたことはあるけれど、電話をかけたことはない。

出ないかもしれない、と思ったが、意外《いがい》にもワンコールですぐに出た。

「おお、陽菜子。」

お父さんの声は威勢《いせい》がよかった。

「どうした？　今、お店なんだけど、お父さんの声、きこえるか？」

そういわれると、まわりがうるさい。話し声や歌声もきこえる。

「きこえるけど、うるさいね。お酒を飲む店？」

「そう。今、ちょうどトイレ行って席《せき》にもどろうとしたところ。だからすぐに気がついて電話に出られたんだ。」

なぜかお父さんはいばったようにいう。

「話があるんだけど。」

「おう、いいぞいいぞ。なんでもいってくれ。」

ちょっとふざけた口調《くちょう》なのは、よっぱらっているのかもしれない。

「わたし、お母さんと今日《きょう》、言い合いをしたの。」

「言い合いって、ケンカか？」

「うん。最近《さいきん》、お母さんが押《お》しつけてくるからすごくいやだ。」

「なにを押しつけてくるんだ？」

「お母さんが正しいと思ってること。」

「そりゃ、大人《おとな》は正しいと思うことを子どもにいうさ。」

お父さんはわはは、と笑《わら》った。これはダメかもしれない、と陽菜子《ひなこ》の脳裏《のうり》をかすめる。

「でもね、お母さんはいつも正しいわけじゃないよ。たとえば、わたしは勉強があっても、家の手伝《てつだ》いをしなくちゃいけないけど、お兄ちゃんは野球とか勉強でいそがしいから、しなくていいんだよ。それっておかしくない？」

「それなら、陽菜子《ひなこ》もやりたくないっていっちゃえ。」

「そういったら、言い合いになったんだって。」

陽菜子はいらいらした。

「それはこまったなあ。」

まったくこまってなさそうにお父さんはいう。

「よしっ、陽菜子がそんなにおかしいと思うなら、今度《こんど》東京に帰ったときにお母さんに話してみるよ。」

「つぎはいつ帰ってくるの。」

「それが来週から海外出張《しゅっちょう》が入ってるから、ちょっと先になるかもなあ。あ、でも、お盆《ぼん》はちゃんと休めるから。」

それだと、ひと月以上《いじょう》先の話だ。

「わかった。じゃあね。バイバイ。」

「おう、バイバイ。」

お父さんは最後《さいご》まで明るかった。電話をきりながら、陽菜子《ひなこ》はため息をついた。

学校に行くと、廊下《ろうか》でさくらちゃんたちが立ち話をしているのを見かけた。陽菜子は思わずかけよった。

三人は映画《えいが》の話をしていた。土曜日に三人で見にいったらしい。今、話題《わだい》の映画だ。

「いいなあ。わたしも行きたかったたな。」

陽菜子がいうと、さくらちゃんがなぐさめるように陽菜子の肩《かた》をやさしくたたいた。

「ごめんね。わたしはひなっちも誘《さそ》おうっていったんだけど。」

いいながら、さくらちゃんは、ここちゃんをちらっと見る。

「ひなっちは塾《じゅく》だから誘うのはやめておこうという意見もあって。」

ここちゃんが気まずそうにうつむく。

陽菜子ははっとした。もしかして、ここちゃんはわたしを仲間《なかま》に入れたくないんじゃないか。

そうか、そうかもしれない。前から、ここちゃんだけ、陽菜子《ひなこ》に対《たい》してなにかを思っているふしがあった。

「でも」と、そばにいた莉紗《りさ》ちゃんが口をひらいた。

「ひなっちは塾《じゅく》だったんだからしかたないよ。もし塾をやめたら、いつでも誘《さそ》えるけど。」

莉紗ちゃんの言いかたは、はっきりとしていた。

自分の教室に入り、陽菜子は自分の席《せき》についた。ランドセルからのろのろと教科書《きょうかしょ》とノートをとりだし、机《つくえ》のなかに入れる。

ぽろりとノートが落ちた。ハシモがちょうど通りかかる。

「はい、落ちたよ。」

ハシモがひろってノートを陽菜子にわたそうとしてくれた。その瞬間《しゅんかん》、なかがひらいた。

「あっ。」

ハシモはわたそうとするのをやめて、ひらいたページを見る。

「これ、ひなが描《か》いた絵？」

うまく描けた女の子の絵だった。最近《さいきん》、そのページばかりひらいているから、くせがついてすぐにひらくのだ。

「うん。」

「すごい！」

ハシモにイラストを見せたことはない。ハシモは絵もうまいからだ。イラストや漫《まん》画《が》を描《か》いているのは見たことはないけれど、図工《ずこう》の授業《じゅぎょう》で描く絵はいつも選《えら》ばれて、廊下《ろうか》や学校の玄関《げんかん》にはりだされる。

ハシモはじっくりと見ている。

「とくに、この目の透明《とうめい》な感じがすごいね。これ、鉛筆《えんぴつ》だけで描いたんでしょ？　グラデーションつけるのがうまいなあ。髪《かみ》の毛にもつやがあるし。」

「そうでもないって。」

いいながら、やっぱりうれしかった。力を入れたところをわかってくれている。

「それにこの女の子、表情《ひょうじょう》がいいね。」

「そうかな。」

うん、と、ハシモはうなずいた。

「ただかわいいだけじゃなくて、自分の意志《いし》をちゃんと持っている感じがする。」

ハシモはそういうと、ノートをとじてホコリを丁寧《ていねい》にはらってからかえしてくれた。

ハシモが後ろの席《せき》に行くと、陽菜子《ひなこ》はノートを机《つくえ》にしまう前に、ひざの上でそっとひらいてみた。

自分の意志をちゃんと持っている子、か。

わたしは持っているだろうか？　わたしの意志ってなんだろう。お母さんへの怒《いか》りはあるけれど、それだけかもしれない。

10　わたしが決めるんだ

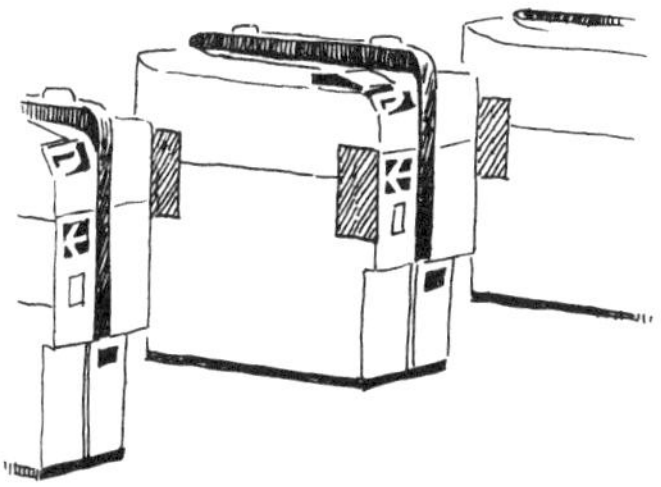

陽菜子《ひなこ》はリュックを背負《せお》い、靴《くつ》をはいた。

「模試《もし》の会場、本当にわかる？」

お母さんはちょっと不安《ふあん》そうだ。

「わかるって。」

陽菜子はお母さんを見ずに靴をはく。

「お兄ちゃんの試合《しあい》のお茶当番《ちゃとうばん》じゃなかったら、ついていけたんだけど。」

お母さんは残念《ざんねん》そうだった。

言い合いしてから十日間、とげとげしい雰囲気《ふんいき》がつづいている。陽菜子もお母さんも必要最低限《ひつようさいていげん》のことしか話していない。それでも模試《もし》となると、お母さんはやっぱり熱心《ねっしん》になる、と陽菜子《ひなこ》は思った。

「おぼえてるからだいじょうぶ。」

行ってきます、と陽菜子はお母さんの顔を見ないまま家を出た。

塾《じゅく》の模試は、陽菜子がふだん通っているところではなく、二駅先《ふたえきさき》の会場でおこなわれる。通いなれている場所ではないけれど四月にも第一回の模試を受けたからおぼえている。

日曜日だからか、通りは車も人も少なかった。歩道を歩いていると、駅のほうからこちらにむかって歩いてくる人が見えた。

ここちゃんだ。陽菜子は、はっとした。むこうも気がついたらしい。陽菜子に手をふってくる。

一瞬《いっしゅん》迷《まよ》ったが、陽菜子も手をふりかえした。すると、ここちゃんは道をわたり、走ってきた。陽菜子の前までやってくると息をきらしながらいった。

「ひなこちゃん、これから出かけるの？」

「うん。」

陽菜子《ひなこ》も立ちどまる。ここちゃんは駅ビルに入っているパン屋の袋《ふくろ》を持っている。

「ここちゃんはパンを買ってきたんだ。」

「おつかい。うちは今からこれで朝ごはんなの。」

「そうなんだ。じゃあ、行ってくるね。」

陽菜子は歩きだそうとした。ここちゃんがあわてて「待《ま》って」と止めた。

「話があるの。」

「ごめん、急いでるんだ。」

「ちょっとだけだから、おねがい。」

ここちゃんは必死《ひっし》な顔だ。しかたなく陽菜子はまた立ちどまる。

「さくらちゃんと莉紗《りさ》ちゃんのことなの。」

ぎくりとする。

もしかして、仲間《なかま》に入らないで、とついにいわれるのだろうか。

ここちゃんは「えっと」と口ごもったあと、思いきったように話しはじめた。

「実《じつ》は、莉紗《りさ》ちゃんとさくらちゃん、『地元《じもと》の中学に行く子をふやそうキャンペーン』っていうのを今やってるの。」

「キャンペーン?」

予想外《よそうがい》の言葉だ。意味がわからない。

「中学受験《じゅけん》の塾《じゅく》に行ってるけど、真剣《しんけん》じゃない子をやめさせようっていう作戦《さくせん》なんだって。それで、ひなこちゃんが選《えら》ばれてるの。」

「えっ。」

陽菜子がびっくりすると、ここちゃんはこまった顔になる。やさしそうな薄《うす》い眉毛《まゆげ》が八《はち》の字《じ》にさがる。

「でも、二人《ふたり》とも意地悪《いじわる》のつもりはぜんぜんないの。ほんとに。わたしたちの小学校って、地元の区立《くりつ》中学に進《すす》む子は半分もいないでしょ。だから、さびしいねっていつもいってて、とくに仲《なか》のいい子は、同じ中学に行ってくれたらうれしいのにねって。それに……。」

ここちゃんは、またいいにくそうにちょっと口ごもった。

「莉紗《りさ》ちゃんちのお父さん、去年《きょねん》、病気《びょうき》で会社を辞《や》めたんだって。それで受験《じゅけん》をやめたらしいの。莉紗ちゃんは塾《じゅく》が大好《だいす》きだったからすごくショックだったみたいで。」

そうだったんだ。莉紗ちゃんも、ハシモと同じくらい、勉強がよくできる子だ。どうしてやめたんだろうと、最初《さいしょ》に話をきいたとき、ちょっと不思議《ふしぎ》だった。

「だから莉紗ちゃんは、真剣《しんけん》じゃない子は塾に行かなくていいって、たまにいうの。わたしは最初《さいしょ》、二人《ふたり》がキャンペーンとかさわいでるのをきいても、なにも思わなかったんだけど、でも、ひなこちゃんが誘《さそ》われてるのを見てたら、なんだか、だましてる気がしてきて……。それに考えたら、真剣じゃない子が塾に行くのも、それはその人の自由《じゆう》だとわたしは思う。だからこのあいだ、二人がひなこちゃんを映画《えいが》に誘おうっていったとき、わたし、とめたの。」

そうだったんだ。おどろきながらも陽菜子《ひなこ》は納得《なっとく》していた。

「へんな話だけど、うそじゃないの。でも、こんな話をきくのは嫌《いや》だよね。ごめんね。」

ここちゃんがあやまる。

「ううん。」

陽菜子《ひなこ》は頭をふった。汗《あせ》をかきながら一生懸命《いっしょうけんめい》話しているここちゃんを見て、うそだとはまったく思わない。

「さくらちゃんも、莉紗《りさ》ちゃんも、ひなこちゃんに意地悪《いじわる》しようなんてぜんぜん、思ってないの。それは本当なの。二人《ふたり》ともひなこちゃんのことが好《す》きだから同じ中学に行きたいって思ってる。でも、もし、ひなこちゃんが、二人にいわれたことで塾《じゅく》をやめようと思ってるなら、よく考えて。それは、ひなこちゃんが自分で決めることだとわたしは思うから。」

「ありがとう。いってくれて。」

陽菜子がいうと、ここちゃんは、すっと安心した表情《ひょうじょう》になった。

「よかった。……でも、ずるいけど、わたしがいったこと、二人にいわないでくれる？」

「ずるくないよ。絶対《ぜったい》にいわない。それより、話してくれて、ほんとにありがとう。」

陽菜子はここちゃんに頭をさげた。

電車はがらんとして、座席《ざせき》にすわっている人もまばらだった。

陽菜子《ひなこ》は車両《しゃりょう》の連結部《れんけつぶ》に近いシートに一人《ひとり》、すわった。

さらに、わからなくなっちゃったなあ。

そう軽く笑《わら》ってみようとした。

でも、笑えなかった。

ここちゃんの話がショックじゃないといったら、うそだ。

でも、さくらちゃんや莉紗《りさ》ちゃんに腹《はら》が立つかといえば、そういう気分にもならなかった。二人《ふたり》が陽菜子のことを好《す》きでいてくれるのは本当だと思う。それに陽菜子も二人のことが好きだ。それに、ここちゃんのこともすごく好きだ。

つまり、これはわたしの問題なんだ。お母さんにむりにさせられている気がするとか、やる気が出ないとか。それより、自分がどうしたいかということなんだ。

窓《まど》の外だけ明るい。青空を背景《はいけい》に、ビルやマンションがゆっくりと流れていく。

ぼんやりとしているあいだに、会場がある駅に到着《とうちゃく》した。

早くおりなくては、と思ったけれど、立ちあがる気がしなかった。

それより、このままおりなかったらどうなるだろうと思う。そう思った瞬間《しゅんかん》から、陽菜子《ひなこ》はもうおりないほうを選《えら》んでいた。

すぐにドアがしまる。

とたん、こわくなる。

わたしはまたさぼるんだ。模試《もし》もさぼるんだ。

これは自分の問題だ、と思ったのに、わたしはいつも逃《に》げるだけなんだ。

陽菜子はリュックのポケットを見つめた。それからそっと、手帳《てちょう》をとりだした。

いつもの最後《さいご》のページをひらき、最初《さいしょ》からゆっくりと読んでいく。


わるい親は、子どもを見ていない。

見ていても、外がわだけだ。心は見ていない。

見ていないくせに、自分がさせたいことを押《お》しつける。

しかも、それを自分で意識《いしき》していないから、たちがわるい。

親は、わたしは子どものためを思っている、子どものために生きている、と平気《へいき》でいう。

子どものほうもまだ一人《ひとり》で生きていけない。

だから、親にいわれたとおり、がんばってしまう。

親は、自分が絶対《ぜったい》に正しいと思いこんでいる。

自分の子どもだから、絶対にわかりあえると信《しん》じている。

でも、正しさはひとつじゃない。

わかりあえるのも、相手《あいて》の気持ちを大事にしたときだけだ。それは他人同士《たにんどうし》のときと同じだ。

わたしは、親に支配《しはい》されたくない。わたしは、わたしの道を行きたい。


今の陽菜子《ひなこ》は、最後《さいご》の「わたしは、わたしの道を行きたい」に目がすいつけられた。

そうなんだ。わたしはわたしの道を行きたい。

でも、どうしたらいいのか、わからない。

息を大きく吐《は》いて目をつぶる。

その瞬間《しゅんかん》、人がすわったように、となりの座席《ざせき》のクッションがわずかに沈《しず》んだ感じがした。

まさか……。

目をあけると、となりにスージーがすわっている。いつもの紺色《こんいろ》のポロシャツにジーンズ姿《すがた》。いたずらっぽく陽菜子《ひなこ》にむかって「やあ」と胸《むね》の前で小さく手をあげた。

陽菜子は声が出なかった。

うれしい。スージーがきてくれてすごくうれしい。

でも、おかしい。こんなふうにあらわれるなんて、やっぱりおかしすぎる。

頭のゴチャゴチャがさらにふえる。それでも、スージーのやさしい顔を見ると、すごくほっとする。急に目が熱《あつ》くなってくる。

「どうしたの。まさか泣《な》いちゃう？」

スージーがおどろいた声を出した。陽菜子はこくんとうなずき、目をぬぐった。

「だいじょうぶだよ。」

スージーは陽菜子《ひなこ》の肩《かた》に手を置《お》いてくれた。あたたかい手だった。スージーは本当にいる。幻《まぼろし》じゃないんだ。

陽菜子はここちゃんからきいたことをぽつりぽつりと話した。スージーはうんうん、といつものようにきいてくれた。

そうやって、ゆっくりと話しているあいだに、つぎの駅につき、人が乗ってくる。少ししてつぎの駅、そのまたつぎの駅と人が乗って車内は混《こ》んできたが、横浜駅《よこはまえき》につくと、どっとおりていった。そのつぎの駅でまたさらにおり、人はまた少なくなっていく。

車内がふたたびがらんとしたころ、陽菜子はもう話すことがなくなった。

スージーもだまっている。外はさらに日ざしが強くなっている。

終点《しゅうてん》を知らせるアナウンスが流れた。

スージーが口をひらいた。

「おりたあと、どうする？　引きかえす？」

「まだ帰りたくないな。」

陽菜子《ひなこ》は窓《まど》を見た。

ふと思った。そういえば、終点《しゅうてん》の駅からは三浦半島《みうらはんとう》にむかう電車に乗りかえられる。それに乗ったら十五分ほどでおばあちゃんの家がある海辺《うみべ》の小さな町の駅につくはずだ。

「おばあちゃんの家に行こうかな。といっても空き家《あきや》なんだけど。」

でも、今はお母さんが時々《ときどき》掃除《そうじ》に行っている。一戸建《いっこだ》ての家だから庭がある。家のなかに入れなくても庭ですごせるだろう。

「それじゃ、わたしもおともします。」

スージーがにっこりとした。

11　いつもいっしょにいるよ

駅につき、ホームにおりると、同じ電車からいっしょにおりた人たちが意外《いがい》にたくさんいて、陽菜子《ひなこ》はちょっとおどろいた。

ビーチサンダル、つばのひろい帽子《ぼうし》、サングラス。なかには、たたんだビーチパラソルを肩《かた》にかつぐようにして持っている人もいる。七月に入ったから海に遊びにいくのだろう。

その人たちは海岸《かいがん》に行くほうの大きな改札口《かいさつぐち》にむかっていったが、陽菜子たちは反《はん》対《たい》の山側《やまがわ》の小さな改札口にむかった。

小さな改札口を出てすぐの車道をわたり、駐輪場《ちゅうりんじょう》にそって歩くと、ジュースの自動《じどう》販売機《はんばいき》が前に置《お》いてある小さな商店が見えた。

陽菜子《ひなこ》はほっとした。見おぼえのある店だ。たしか、あの店のすぐわきの道を入り、坂道《さかみち》をのぼっていけば、おばあちゃんの家がある。

「おばあちゃんちに行く道を思いだした。たぶん五、六分で行けると思う。」

「よく遊びにきてたの？」

スージーがたずねた。

「そうでもないかな。日帰《ひがえ》りで年に一度くらい。わたしが小さいときは、お父さんの転勤《てんきん》で離《はな》れて住んでいたし、こっちのおばあちゃんはいそがしい人だから、しょっちゅう会う感じじゃなかったの。」

ここに遊びにくるときは、車でくるのと、電車でくるのが半々《はんはん》くらいだった。最後《さいご》は小三くらいで、たしか電車だった気がする。そのとき、あの小さな商店の自動販売《じどうはんばい》機《き》でジュースを買ってもらった。

「こっちのおばあちゃん、保険《ほけん》とか化粧品《けしょうひん》とかの仕事をしてて、すごい『やり手』だったんだって。友達《ともだち》も多くてよく遊んでいて、いつもいそがしそうだった。」

とつぜん亡《な》くなったのも、友達《ともだち》と遊びにいった旅行先だときいた。朝早く一人《ひとり》で温泉《おんせん》に入ろうとして倒《たお》れていたのを発見され、病院《びょういん》に運《はこ》ばれたが、間《ま》にあわなかったそうだ。

でも陽菜子《ひなこ》のなかでは今でも、元気で豪快《ごうかい》なおばあちゃん、というイメージがある。会うときはいつもオレンジや赤といった明るい服を着て、大きな声で話した。陽菜子のお母さんはまじめで、ちょっと神経質《しんけいしつ》な感じがするのに、雰囲気《ふんいき》はぜんぜんちがった。

商店の前まで行くと、自動販売機《じどうはんばいき》でペットボトルのお茶を買った。ついでにガラス戸をのぞくと、おにぎりの入った小さなお弁当《べんとう》を売っているのが見えたので、お店に入り、お昼ごはん用に二人分《ふたりぶん》、それも買った。

細い道はだんだん上《のぼ》り坂《ざか》になっていく。スージーに五、六分といったけれど、十分近く歩いた気がする。この道で本当によかったのか不安《ふあん》になりはじめたころ、ようやく見おぼえのある黒い門が見えた。

門の内側《うちがわ》に手を入れてかんぬきをはずし、敷石《しきいし》を数歩ふんで玄関《げんかん》に行き、ドアノブをまわしてみる。でも、かぎがかかっていた。

やっぱりか。そう思ったけれど、陽菜子《ひなこ》はがっかりした。だれも住んでいないから、もしかしたら、かぎはあいているかもしれない、となんとなく考えていたのだ。

庭にまわってみても、面《めん》した居間《いま》の窓《まど》も雨戸《あまど》がしめられている。そのうえ、ひざの高さの草が生えている。家に入れなかったら庭ですごせばいいと思っていたけれど、すわれそうにもない。

「スージー、ごめん。せっかくきたけど、居場所《いばしょ》がない。」

陽菜子はしょんぼりとした。

すると、家を見まわしていたスージーがいった。

「物置《ものおき》から二階にあがれるんじゃない？」

「物置から？」

見ると、玄関《げんかん》の脇《わき》に小さめの物置がある。

「そこのエアコンの室外機《しつがいき》の上に乗って、物置の屋根《やね》に手をかけるの。そしたら物置の屋根にあがれるんじゃないかな。物置の屋根に立てば、二階の窓に手がとどくと思うけど。」

たしかにできそうだ。二階の窓《まど》にもかぎが、かかっているかもしれないけれど、やってみないとわからない。

「わかった。わたし、のぼってみる。」

陽菜子《ひなこ》はリュックをおろし、エアコンの室外機《しつがいき》に乗った。そこから物置《ものおき》の屋根《やね》に手をのばすと、土ぼこりでざらざらしていたが、しっかりとつかみ、体を引きあげて屋根にあがった。物置の屋根に立って二階の窓に手をのばすと、スージーのいったとおり、手がとどいた。

おねがい、あいて！　祈《いの》る気持ちで、二階のすりガラスの窓に手をかける。すると、ちょっとがたついたが、横にすべりひらいた。

「あいた！」

下にいるスージーを見ると、スージーもうれしそうに手をたたいた。

陽菜子は慎重《しんちょう》に窓わくをまたぎ、その部屋に入った。

そこは、本棚《ほんだな》が前についている昔風《むかしふう》の大きな学習机《がくしゅうづくえ》と、ベッドがあるだけの部屋だった。ほかに家具も本も服もない。押入《おしい》れは引《ひ》き戸《ど》がはずされ、上段《じょうだん》も下段もからっぽだ。

その部屋を出ると、短い廊下《ろうか》をはさんだむかいにも、配置《はいち》がちがうだけのよく似《に》た部屋があった。この二つの部屋は、お母さんと恵《めぐみ》おばさんの個室《こしつ》だったのだろう。

階段《かいだん》は暗かった。スイッチをさがして押《お》すと、電気はちゃんとついた。

急な階段をおり、まっさきに玄関《げんかん》に行ってかぎをあけ、待《ま》っていたスージーを入れた。

それから二人《ふたり》で一階と二階をまわり、窓《まど》と雨戸《あまど》をぜんぶあけていった。

台所や風呂場《ふろば》の窓まであけると、風が吹《ふ》きぬけていき、むし暑《あつ》さと他人《たにん》の家独特《どくとく》のにおいが一掃《いっそう》された。

居間《いま》は、昔、遊びにきたときの見おぼえがあった。ソファーとテーブル、背《せ》もたれのない丸い椅子《いす》がひとつ。

背《せ》の低《ひく》い戸棚《とだな》にはテレビやステレオ、ガラスの花瓶《かびん》などが置《お》かれている。二階の部屋のように空《あ》き家《や》といった感じはなく、まだ部屋らしい感じがした。

壁《かべ》の時計も動いていた。見ると、十時半をすぎたところだ。

ふと思いだす。模試《もし》は二科目が終《お》わったころだ。

模試をさぼったことも、すぐにお母さんにばれるだろう。やっぱり、もう塾《じゅく》はやめるしかないか。

でも、ここちゃんの話を思いだすと、わからなくなってくる。やめたら後悔《こうかい》するだろうか。だけど最後《さいご》まで勉強する気が自分にあるのか。だいたいわたしはどうしたいんだろう。また、まとまらない考えがぐるぐる頭のなかをまわりだす。

とつぜん、音楽がきこえた。英語《えいご》の曲《きょく》だ。びっくりしてふりかえると、スージーがステレオのラジオのスイッチを入れたらしい。

スージーは陽菜子《ひなこ》を見て笑《わら》うと、両手を水平《すいへい》にのばし、曲にあわせて腰《こし》をゆらしはじめた。まるで見えないフラフープをまわしているようなへんな動きだ。

「さあ、ひなこちゃんも踊《おど》るよ！」

スージーが元気にいう。

「えっ、やだ。」

でも、スージーは澄《す》ました顔で、フラフープをまわすような動きをつづける。曲《きょく》調《ちょう》が変《か》わると、胸《むね》の前で両手をあわせて「インド人のダンス」といいながら首だけを左右に動かした。と思うとつぎは、盆踊《ぼんおど》りのように両手で円をえがいて、パンと打《う》った。

踊りとは思えない、へんな動きの連続《れんぞく》だ。どうやら思いついたことをしているだけらしい。それを見ていると、陽菜子《ひなこ》は気がぬけてきた。

よし、とスージーの真似《まね》をした。見えないフラフープをまわし、首をかくかく動かし、それから盆踊り。

その曲《きょく》はすぐに終《お》わった。するとつづけて別《べつ》の曲が流れだした。今度《こんど》はビートのきいたロックだ。スージーは猛《もう》スピードで手足がとれそうなくらい、ばたばた動かし、首をふりはじめた。そして急にその場でぐるっと一回転《いっかいてん》する。陽菜子もまた真似をして、体にひっついているものをふりおとすように体を動かした。

二曲目はとても長くて、というより、一曲目は途中《とちゅう》からだから、短かったのだろう、二曲目が終《お》わると、二人は、はあはあと息をきらしていた。それから顔を見あわせて笑《わら》った。

「ああ、のどがかわいた。」

スージーがいった。

「おなかもすいたし、早いけど、さっきのお店で買ったおにぎり弁当《べんとう》を食べない？」

「賛成《さんせい》。」

スージーは丸い椅子《いす》にすわった。背《せ》もたれがなくて、すわりごこちがわるそうだ。

「こっちにいっしょにすわろうよ。」

陽菜子《ひなこ》はソファーをすすめたけれど、スージーは「これでいい」といった。

「さっきの踊《おど》り、おかしかった。」

陽菜子がおにぎりを食べながらいうと、

「あれは得手勝手舞踊《えてかってぶよう》といいます。」

「えてかってぶよう？　そんなむずかしい名前がついてたの？」

「てきとうな踊りっていう意味。」

スージーは澄《す》ましている。

「なーんだ」と、陽菜子は笑《わら》った。

おなかがいっぱいになると、くたびれたのか、気がぬけたのか、ちょっと眠《ねむ》くなった。居間《いま》の窓《まど》から台所の窓にむかって、風がずっと吹《ふ》きぬけていく。それがここちよい。

あくびをして、思わず目をつぶりかけたが、はっとして目をあけた。

急いでスージーを見る。するとスージーがびっくりしたように陽菜子《ひなこ》を見つめかえした。

「どうしたの？」

「だって、目をつぶった瞬間《しゅんかん》にスージーがまた、いなくなる気がして。いつも急にいなくなるでしょ。いつもそばにいてほしいのに。」

スージーは目をまるくした。

「わたしはいつもひなこちゃんのそばにいるよ。わたしに会えなくても手帳《てちょう》を持っていたら、いつでもそばにいる。そして、いつもひなこちゃんの道を応援《おうえん》してるよ。」

「わたしの道？」

「そうよ、ひなこちゃんが選《えら》んだひなこちゃんの道。」

スージーはまるで楽しいことのようにいった。

わたしの道か。でも、それがわからないのだ。

「どの道に行けばいいかわからないときは、どうしたらいいの。」

「そういうときは、なんとなく、こっちかな、と思うほうを行けばいいんじゃない？」

「えー、そんなんじゃ、うまくいかない気がする。」

陽菜子《ひなこ》が不満《ふまん》そうにいうと、スージーが笑《わら》った。

「だって、どの道を選《えら》んでも、まっすぐの道はないよ。曲《ま》がりくねってたり、でこぼこだったりして、こけることもあるよ。でも、それがひなこちゃんの道なんだからおもしろがって歩いていけばいい。」

曲がったり、こけたりか。そう思うと、ちょっと気が楽《らく》になる。あまり考えすぎないで、やってみたらいいのか。

「ねえ、スージーって本当はなんなの？」

思わずいってしまった。あわてて口を押《お》さえたが、もうおそい。

「本当はなにって、どういう意味？」

スージーは笑《わら》っているが、顔がちょっとこわばっている。

「いや、えっと、最初《さいしょ》に会ったとき、幽霊《ゆうれい》じゃないっていったでしょ。でも本当は幽霊だったりしないかなあ、なんて。」

陽菜子《ひなこ》は冗談《じょうだん》っぽくいった。

「幽霊じゃないよ。」

スージーはとんでもない、というように首をふる。

「じゃあ、ほんとにいるんだよね？」

「いるよ、ここに。」

「じゃあ、どこに住んでいるの？　うちの近所？　どこの中学に行ってるの？」

すると、スージーは考えこむようにだまった。笑顔《えがお》が消え、まじめな表情《ひょうじょう》になる。

今まで見たことのない顔だ。やっぱりきかなくてもいいことをきいてしまったんだ。

「うまくいえないけど、わたしは。」

スージーは言葉を選《えら》ぶようにゆっくりという。

「気持ち、なのかな。」

「気持ち？」

「うん。」

「どういう意味？　スージーの気持ち？」

スージーはまた、うーん、といいながらこまった顔になる。

と、急に立ちあがった。

「それよりさ、また遊ぼうよ。そうだ、この家のなかで、かくれんぼしない？」

「かくれんぼ？　いいけど。」

「じゃあ、じゃんけん！」

陽菜子《ひなこ》は負けてしまった。

「ひなこちゃんが鬼《おに》ね。数《かぞ》えるのは三十。わたしがかくれるから。」

「わかった。」

陽菜子が目をつぶって数えはじめようとしたとき、

「そうだ」と、スージーがいった。

「ひなこちゃんがわたしのことを見つけたら、そのときにまた話すよ。」

「ほんと？」

「でも、さっきの話はちゃんとおぼえていてね。」

「さっきの話って？」

「だから、手帳《てちょう》を持っていたら、わたしはいつも、ひなこちゃんのそばにいるってこと。会えなくてもずっとそばにいるから。そしてわたしはひなこちゃんをずっと応援《おうえん》してるってこと。」

スージーはまた笑顔《えがお》になる。でも陽菜子《ひなこ》は不安《ふあん》になった。そんなことをいわれたら、もう会えないみたいだ。

「絶対《ぜったい》に見つける！」

陽菜子は居間《いま》のテーブルに顔をつけて目をつぶり、数《かぞ》えはじめた。

「いくよ。いーち、にーい、さーん。」

いいながら必死《ひっし》で聞《き》き耳《みみ》を立てた。

スージーが居間を出て、階段《かいだん》をあがる足音がする。二階にかくれる気だ。

なるべく急いで三十数えてしまおう。そうしてすぐに見つけにいこう、と思った。

12　スージー

十五まで数《かぞ》えたとき、

「そこにいるのはだれ！」

背後《はいご》で大きな声がした。陽菜子《ひなこ》はびくっとしてふりかえった。居間《いま》の入り口に恵《めぐみ》おばさんが立っている。

「なんだ、陽菜《ひな》ちゃんか。」

おばさんも陽菜子を見ると、ほっとしたように胸《むね》に手をあてた。

「もう、びっくりした。玄関《げんかん》があいているから、だれが勝手《かって》に入ったのかと思ってドキドキしちゃった。」

「ごめんなさい。」

陽菜子《ひなこ》もあやまりながらおどろいた。まさかおばさんがくるなんて思ってもみなかった。おばさんはあたりを見まわした。

「陽菜《ひな》ちゃんがきてるってことは、おねえちゃんもきてるのね。今日《きょう》ここにこられないっていってたけど、やっぱりきてくれたんだ。」

「お母さんが今日ここに？」

どういうことだろう。そんな話はきいていない。

「わたしが今日、実家《じっか》の掃除《そうじ》にいっしょに行こう、っておねえちゃんに電話したの。ほら、このあいだよ。陽菜ちゃんが最初《さいしょ》に電話に出てくれたとき。あのあと、また電話をかけて、おねえちゃんにきいたら、今日は用事があるからこられないっていわれたの。でも、こられたんだね。」

「お母さんはきてないよ。」

今度《こんど》はおばさんがきょとんとする。

「二人《ふたり》できたんじゃないの？　それとも、陽菜ちゃんがおねえちゃんのかわりにきてくれたってこと？」

陽菜子《ひなこ》は、自分はお母さんと関係《かんけい》なく、急に思いついてきたのだと説明《せつめい》した。

「だからわたしがここにきてること、お母さんは知らないよ。」

「へえ、偶然《ぐうぜん》なんだ。」

おばさんはおどろいていたが、気がついたようにいった。

「じゃあ、どうやってこの家に入ったの？　かぎは持ってないんでしょ？」

物置《ものおき》の屋根《やね》にあがって二階の窓《まど》から入った、というと、おばさんは「えーっ」と目を見ひらいた。

「その入りかた、よくわかったねえ。」

「わたしじゃなくて友達《ともだち》が思いついたの。」

「友達ときたの？」

「うん。」

「どこにいるの。」

おばさんがさがすように見まわす。

「今、二階。よんでくる。」

でも、陽菜子《ひなこ》は居間《いま》を出ながら、嫌《いや》な予感《よかん》がしていた。

おばさんがきたから、スージーはいなくなってしまったかもしれない。

今までも電話がかかってきたり、別《べつ》のことがあったら、スージーはぱっと消えてしまった。

二階はさっき見た二部屋《ふたへや》だけだった。一部屋《ひとへや》は最初《さいしょ》に入った部屋。それにむかいの部屋。どちらもさがすところは、ほとんどなかった。ベッドや机《つくえ》の下も見てみたが、やっぱりいない。

それでも陽菜子はいってみた。

「スージー、おねがい、出てきて。緊急事態《きんきゅうじたい》なの。急におばさんがきちゃったの。」

一階におりて、居間のとなりの和室《わしつ》と台所、風呂場《ふろば》、トイレもさがした。でもどこにもいない。

さがしながらやっぱりだ、と思う。スージーはいなくなってしまった。

居間にもどると、おばさんが戸棚《とだな》をあけて、なかの物を出していた。

「あの、友達《ともだち》、先に帰ったみたいなの。」

「えっ、なにもいわずに？」

「そういえば、用事があるっていってた気がする。」

陽菜子《ひなこ》がごまかすと、おばさんはへんな顔をしたが、それ以上《いじょう》はきかなかった。

「じゃあ、陽菜《ひな》ちゃんも手伝《てつだ》って。」

おばさんは戸棚《とだな》から物をどんどん出していく。チラシ類《るい》やボールペン、クリップ、鉛筆《えんぴつ》、瓶《びん》に入った薬《くすり》などの小物《こもの》を手ばやく分けている。陽菜子はそれをいわれたとおり、紙袋《かみぶくろ》とポリ袋に分けて入れた。

「この家の整理《せいり》を始めたときは、物がたくさんありすぎて気が遠くなりそうだったけど、やっと終《お》わりが見えてきたね。」

おばさんはうれしそうだ。

「この家、売るってお母さんにきいたけど。」

「そうなの。買《か》い手《て》がつきそうなうちに売ろうって、おねえちゃんと決めたの。」

「たくさんの物は捨《す》てたの？」

「捨《す》てた捨てた。すごくたいへんだった。自分たちの物は、わたしとおねえちゃんでそれぞれ持ってかえったりもしたけどね。」

そういわれたら、いつだったか、お母さんが段《だん》ボール箱《ばこ》を持ってかえってきたことを思いだした。

戸棚《とだな》はそれほど大きくないのに、底《そこ》なし沼《ぬま》のように物がいつまでもぞろぞろ出てくる。

「あれ？」

おばさんが手をとめた。

「陽菜《ひな》ちゃんって今日模試《きょうもし》じゃなかったっけ。」

陽菜子《ひなこ》はおどろいた。

「どうして知ってるの。」

「電話でおねえちゃんからきいたの。今日《きょう》の用事は、陽菜ちゃんの模試《もし》と、颯太《そうた》くんの試合《しあい》っていってた。陽菜ちゃんと最近《さいきん》よくケンカして心配だから、本当は模試についていきたいんだけど、当番《とうばん》で試合に行かなくちゃいけないっていってた。」

「へえ。」

心配というより、模試《もし》にちゃんと行くかどうか監視《かんし》したかったんじゃないだろうか。

実際《じっさい》、さぼったわけだけれど。

おばさんはまた仕分《しわ》けをしながらいった。

「この時間にここにいるってことは、模試は行かなかったんだ。」

「……うん、まあ。」

陽菜子《ひなこ》が小声《こごえ》になると、おばさんはさらりといった。

「行きたくなきゃ、行かなくていいんじゃないの。」

陽菜子はほっとする。

「最近《さいきん》、お母さんとよくケンカしてるのは本当？」

「うん。」

「おねえちゃんはきちんとしてるから、陽菜《ひな》ちゃんにもちゃんとさせたいんだよね。」

「お母さんは優等生《ゆうとうせい》だったたんでしょ。」

暗い声で陽菜子がいうと、あはは、とおばさんがおかしそうに笑《わら》った。

「そういえば、このあいだの電話でもきいてたね。そうだよ。おねえちゃんは優等生《ゆうとうせい》だったよ。」

なんだか暑《あつ》くなってきた、午後になって風がやんだね、といい、おばさんはエアコンのスイッチを入れ、窓《まど》をしめた。

でもさ、と、おばさんがまたいった。

「おねえちゃんは優等生になりたかったわけじゃなくて、そうしなきゃいけなかったの。」

「おばあちゃんが仕事でいそがしかったから、かわりに家事《かじ》をしなくちゃいけなかったんでしょ？」

「それもあるけど、うちのお母さんは独裁者《どくさいしゃ》だったから。」

「独裁者？」

「そう。ものすごくいばってる人だったの。口答《くちごた》えなんて絶対《ぜったい》にゆるさないし、できることはすぐにやれ、言《い》い訳《わけ》するなっていう人。甘《あま》えられるようなお母さんじゃなかった。仕事をすごくがんばってて、男の人以上《いじょう》に稼《かせ》いでくれてたから文句《もんく》はいえなかったけど。」

意外《いがい》だった。おばあちゃんのことをいばっていると思ったことはない。ふつうのおばあちゃんとはちがって、すごく元気で活発《かっぱつ》な人だとは思っていたけれど。

「おねえちゃんは抵抗《ていこう》できなかったんだよね。その点、わたしはずるいんだけど、独裁者《どくさいしゃ》につかえるなんてまっぴらだから、ホームステイとか理由《りゆう》をつけて高校から家を出ちゃったの。おねえちゃんはまじめだから最後《さいご》までお母さんのいいなりだったけど。」

そのとき、陽菜子《ひなこ》のリュックのなかで携帯《けいたい》が振動《しんどう》しはじめた。とりだして見るとお母さんからの電話だ。

陽菜子は携帯を持ったまま迷《まよ》った。どうしよう、出たくない。

「電話に出ないの？」

おばさんがけげんそうにいう。

「だってお母さんからなんだもん。」

「じゃ、わたしが出るよ。」

それはやめて、と止めたが、おばさんは陽菜子《ひなこ》の携帯《けいたい》をさっと、とった。

「おねえちゃん、わたし、恵《めぐみ》だよ。」

えーっ？　というお母さんの大声が、陽菜子にもきこえた。

おばさんは、陽菜子が模試《もし》に行かずにおばあちゃんの家にきていること、自分がきたら陽菜子がいたからびっくりしたこと、片《かた》づけを手伝《てつだ》わせていることを手みじかに話した。

「おねえちゃんも今からきたらいいじゃん。」

陽菜子はさらにあわてた。お母さんに会いたくない。でもおばさんは、お母さんと話をすぐにつけて電話をきると、携帯を陽菜子にかえした。

「おねえちゃん、これからくるって。」

陽菜子は息をついた。すごく怒《おこ》られるだろう。でも、おばさんはぜんぜん気にしていない。片づけにもどり、「ほら、陽菜《ひな》ちゃんも早くやって」とせかした。

「そういえば、先に帰っちゃった友達《ともだち》は、同じ学校の子？」

スージーのことを一瞬《いっしゅん》、忘《わす》れていた。

「ううん、ちがう。えっと、うちの近所の中学生の女の子。」

「名前はなんていうの？」

「スージー。あだ名だけど。」

「へえ、おねえちゃんと同じだ。」

「えっ？」

陽菜子《ひなこ》は息をのんだ。そんな話、きいたことがない。

「うそでしょ。」

「うそじゃないよ。おねえちゃんも中学のころ、スージーって友達《ともだち》からよばれてたよ。」

「お母さんの名前、久美子《くみこ》なのに、どうしてスージーなの？」

「名字《みょうじ》が『中筋《なかすじ》』だから。だからスージー。」

なんでもないことのようにおばさんは答えた。

13　お母さんがきた道

急にあらわれ、急にいなくなるスージー、そのスージーと同じ名前でお母さんがよばれていたこと、ここちゃんからきいた話、模試《もし》をさぼったこと。ぜんぶがからまりながら、おばさんの手伝《てつだ》いをしているうちに、お母さんが車でやってきた。

お母さんはすごく怒《おこ》っているはずだ。とにかくあやまらなくてはいけない。玄関《げんかん》のドアがあくと、陽菜子《ひなこ》はすぐに行って頭をさげた。

「ごめんなさい。」

「ここにいてよかった。」

お母さんは胸《むね》に手をあてた。

「お兄ちゃんの試合《しあい》から早めに帰って家で待ってたの。そしたら塾《じゅく》から連絡《れんらく》があって、模試《もし》にきてませんって。もう、どこに行ってしまったのか心配してたのよ。陽菜子《ひなこ》が無事《ぶじ》でよかった。」

お母さんは本当にほっとしているように見えた。それでも少しは怒《おこ》っているだろう、と、お母さんのようすをさらにうかがおうとしたが、おばさんが陽菜子とお母さんのあいだにわって入った。

「それよりおねえちゃん！　陽菜《ひな》ちゃんがかぎを持ってないのに、どうやってこの家のなかに入ったと思う？　なんと秘密《ひみつ》の物置《ものおき》ルートで入ったんだって。」

「物置から恵《めぐみ》の部屋に入る方法《ほうほう》？」

「そうなの、すごいよね。」

へえ、とお母さんも感心《かんしん》したようにいったが、すぐにおばさんをにらんだ。

「でも、前回ここにきたのは恵でしょ？　帰るとき、かならずぜんぶのかぎをかけてねっていったのに、またしめわすれたのね。このあいだも台所の窓《まど》があいたままだったし。」

おばさんは口をとがらせた。

「いいじゃん。おかげで今回、陽菜《ひな》ちゃんが入れたんだから。」

「もう、あんたって人は。」

お母さんはスーパーの袋《ふくろ》を持っていた。それを居間《いま》に運《はこ》び、入っているものをテーブルにならべはじめる。お寿司《すし》や唐揚《からあ》げ、枝豆《えだまめ》、サンドイッチ、お茶、缶《かん》ビールが袋から出てくる。

「これ、食べるの？」

陽菜子《ひなこ》はきいた。

「そうよ。これは夕飯《ゆうはん》。今日《きょう》はここに泊《と》まるから。」

「えっ？」

陽菜子がびっくりすると、お母さんもちょっとおどろいた顔になる。

「恵《めぐみ》にきいてないの？」

きいてない、と陽菜子は頭をふった。

さっきの電話のあと、お母さんとおばさんは携帯《けいたい》でメッセージをやりとりして、今日《きょう》はここに泊《と》まることにしたらしい。

明日《あした》、お兄ちゃんの学校は休みだから、今日《きょう》の試合《しあい》のあと、友達《ともだち》の家に泊まりにいったらしい。お父さんも帰ってこない週末《しゅうまつ》だからちょうどよかった、とお母さんはいった。

「陽菜子《ひなこ》は学校だから、間《ま》にあうように朝早く帰らなきゃいけないけど。それでもいい？」

「いいけど……。」

「はいはい、決まり。やった。食べよう食べよう。」

おばさんはうれしそうにお皿《さら》やコップを台所から持ってくると、ソファーにすわった。お母さんは背《せ》もたれのない丸い椅子《いす》にすわる。

しばらく三人で食べていると、お母さんが暗くなった窓《まど》のほうを見た。

「ヒグラシが山で鳴いてるね。」

そういえば窓をしめていても、カナカナカナ、と外からずっときこえている。

「うちって感じがするねえ。この家に住んでいるとき、ヒグラシが早朝《そうちょう》からうるさくて、よく目がさめたよね。」

お母さんとおばさんは二人《ふたり》でしゃべっていた。おばさんが今働《はたら》いている海外専門《せんもん》の引《ひ》っ越《こ》し会社の話、何十年も前のテレビ番組の話、それから最近《さいきん》のニュース。二人の話は今と昔が行ったり来たりする。

お母さんが陽菜子《ひなこ》に対《たい》して怒《おこ》っていないらしい、ということはわかったけれど、会話に入りづらくて陽菜子はずっとだまっていた。

「そういえば、あなたのお母さんはずいぶん若《わか》いのねって、先生におどろかれたこともあったたな。」

おばさんがなつかしそうにいった。

「そうそう、わたしはまだ大学生だったのにね。」

酔《よ》って頬《ほお》が赤くなったお母さんが笑《わら》う。おばさんが中学生のころ、お母さんが三者《さんしゃ》面談《めんだん》に行った話らしい。

「あのころはほんとに若かった。なんにでもなれる気がしてた。」

「そうだよ。おねえちゃんはなんにでもなれたよ。勉強も料理《りょうり》もじょうずだったし、その気になれば、医者《いしゃ》でも弁護士《べんごし》でもシェフでもなれたよ。」

おばさんが、ちょっとお母さんのごきげんをとるようにいいながら、もうひと缶《かん》、ビールのプルトップをひいた。

「まさか、なれないわよ。」

お母さんは苦笑《にがわら》いした。

「でも、どうしてこんな人生《じんせい》になったんだろうって、時々《ときどき》思うけど。」

こんな人生？　陽菜子《ひなこ》はどきっとする。

「今が嫌《いや》ってこと？」

陽菜子は思わずきいた。

「え？」

お母さんがびっくりしたように陽菜子を見る。

「べつに嫌じゃないわよ。陽菜子や颯太《そうた》がいて、お父さんがいて、幸《しあわ》せだけど。」

ただね、とつづける。

「もし会社を辞《や》めなかったら、どうなってたかなって今でも思うの。お父さんと結婚《けっこん》

しても、転勤《てんきん》についていかずに、なんとかつづける方法《ほうほう》はなかったのかなって。」

そういえば、このあいだもそんなことをいっていた。陽菜子《ひなこ》が「お母さんだって結《けっ》局《きょく》、お父さんが働《はたら》いたお金で暮《く》らしている」といったときだ。

「一時期《いちじき》、お父さんと離《はな》ればなれになったとしても、仕事と子育《こそだ》てを両立する道もあったかもしれないって想像《そうぞう》するの。といっても、うちは、おばあちゃんにも頼《たよ》れないし、結局《けっきょく》むりだったと思うけど。それでもチャレンジはしてみるべきだったかもしれないなって。」

「そうかなあ?」

おばさんが枝豆《えだまめ》をもぐもぐ食べながら首をかしげた。

「そうかなあって、なによ。」

お母さんが、けげんそうにおばさんを見る。

「だって、おねえちゃんは、うちのお母さんみたいな生きかたは嫌《いや》だったんでしょ。家にいて、子どもを見まもるお母さんになりたかったんでしょ。だからエリートのだんなさんと結婚《けっこん》したわけだし。だから後悔《こうかい》することなんてないと思うけど。」

「とげのあるいいかたをするのね。」

お母さんが顔をしかめた。でも、おばさんは気にせずにさらにつづける。

「でも、ちょっとは当《あ》たってるでしょ？　会社を辞《や》めるときだって、あっさり辞めたじゃん。」

お母さんが首をふった。

「そんなことない、すごく悩《なや》んだ。」

「それなら、これからがんばればいいよ。今から自分のやりたいことをやったらいい。」

「そんな簡単《かんたん》にいわないでよ。ひとごとだと思って。」

「そりゃ、前みたいな大企業《だいきぎょう》の正社員《せいしゃいん》はむずかしいだろうけど、やりがいのある仕事って、それだけじゃないでしょ。」

お母さんは一瞬《いっしゅん》、なにかいおうとしたが、やめてだまった。

「おねえちゃんの人生《じんせい》は、まだ半分以上《いじょう》あるんだよ。これからなにをやりたいのか考えて、戦略的《せんりゃくてき》に動いたら？　おねえちゃんは頭いいんだから、絶対《ぜったい》できるって。そしたら、ひなちゃんとのケンカだってなくなるよ。子どもを必要以上《ひつよういじょう》にかまってるひまなんて、なくなるんだから。だいたい、子どもなんか、しょせん別《べつ》の人間じゃん。おねえちゃんのいうとおりに動くわけないよ。」

おばさんは調子《ちょうし》にのったようにどんどん話した。陽菜子《ひなこ》は、気持ちを代弁《だいべん》してくれているようでうれしかったが、お母さんの表情《ひょうじょう》はけわしくなっていく。

おばさんがはっとした顔になった。急に冗談《じょうだん》っぽくいう。

「なーんちゃって、勝手《かって》なこといっちゃった。」

「べつにいいわよ。」

お母さんは答えたが、それきりだまりこむ。

おばさんは残《のこ》りの枝豆《えだまめ》を急いで食べると、「さてと、ちょっと早いけど寝《ね》ようかな」と、わざとらしいあくびをした。

「それがいいわ。」

お母さんは不機嫌《ふきげん》な表情のまま、立ちあがり、さっさとお皿《さら》やおはしを片《かた》づけはじめた。おばさんは飲みかけのビールの缶《かん》を持ち、そそくさと二階にあがっていった。

お母さんは手ばやくテーブルの上を片《かた》づけると、居間《いま》のとなりの和室《わしつ》に布団《ふとん》を二枚《まい》しいた。

「わたしと陽菜子《ひなこ》はここで寝《ね》るからね。」

「うん。」

ガスは解約《かいやく》しているのでお風呂《ふろ》はなかった。陽菜子は顔と手足だけをふいて、お母さんが持ってきてくれた自分のパジャマに着がえた。

「じゃ、おやすみなさい。」

お母さんはさっとふすまをしめ、出ていった。

布団に入ったけれど、おちつかなかった。この家に泊《と》まるのは初《はじ》めてだし、寝るにしてはいつもよりもずいぶん早い時間だし、お母さんが不機嫌《ふきげん》になってしまったのも気になる。

それに、お母さんとならんで寝るなんて、いつ以来《いらい》だろう。うっとうしいような、安心するような、複雑《ふくざつ》な気分だ。

耳を澄《す》ますと、お母さんが寝《ね》る気配《けはい》はまだなさそうだった。台所のほうからは水を流す音がきこえてくる。一人《ひとり》でごはんの後片《あとかた》づけをしているのだろう。

でも、どうしてお母さんが一人で後片づけをしているんだろう？

おばさんはやらないのだろうか。もしかしたら、小さいころからお母さんがやっているから、それがあたりまえになって、お母さんもおばさんもなにも感じないのかもしれない。

だとすると、お母さんがほんの少し、かわいそうに思えた。

14 手帳《てちょう》をひらいて

どれだけ時間がたったか、声がきこえた気がした。いつのまにか眠《ねむ》っていた陽菜子《ひなこ》は目をさました。

となりの布団《ふとん》を見ると、お母さんはまだ寝《ね》ていない。居間《いま》とつながっているふすまのすきまから光がもれている。

お母さん、まだ起きてるんだ。そう思いながら、またすぐに深い眠りにひきこまれそうになる。

その瞬間《しゅんかん》、また声がきこえてきた。小さな声だ。それも女の子の。

「……親は、自分が絶対《ぜったい》に正しいと思いこんでいる。

自分の子どもだから、絶対《ぜったい》にわかりあえると信《しん》じている。

でも、正しさはひとつじゃない。

わかりあえるのも、相手《あいて》の気持ちを大事にしたときだけだ。それは他人同士《たにんどうし》のときと同じだ。

わたしは、親に支配《しはい》されたくない。わたしは、わたしの道を行きたい。」

陽菜子《ひなこ》はその声をききながら、しだいに、そしてはっきりと目をさました。そして最後《さいご》まできおわった瞬間《しゅんかん》、飛《と》びおきてふすまをあけた。

居間《いま》の丸椅子《まるいす》に、紺色《こんいろ》のポロシャツにジーンズの女の子がすわっている。ひざに手帳《てちょう》をひろげて読んでいる。

やっぱりだ、スージーだ！

うれしくてかけよった。

が、スージーの色がみるみる薄《うす》くなっていく。手をのばそうとする前に、すっと消えた。そのかわりに、おどろいた顔をしたお母さんがすわっている。

「陽菜子、目がさめたの？」

お母さんはびっくりしたように、手に持っていた手帳《てちょう》をテーブルに置《お》いて立ちあがった。

「だいじょうぶ？」

お母さんはぼうぜんと立っている陽菜子《ひなこ》のおでこに手をあてた。熱《ねつ》でも出たのかと思ったらしい。手《て》の平《ひら》をかえして手《て》の甲《こう》でも熱をはかってから、陽菜子の肩《かた》をそっとおさえるようにして、ソファーにすわらせた。

「へんな夢《ゆめ》でも見たの？」

陽菜子は首を横にふり、お母さんを見つめた。

「それより、今、読んでいたのはお母さん？」

「あ、そうか。」

お母さんが笑《わら》った。お母さんからは、陽菜子が寝《ね》る前の不機嫌《ふきげん》な雰囲気《ふんいき》は消えていた。

「ごめんね。わたしの声がうるさくて目がさめたのね。」

お母さんはテーブルに置いた手帳を手にとった。

「この手帳《てちょう》がね、なぜか、そこの床《ゆか》にあったの。だいぶ前に、わたしが使っていた机《つくえ》の引き出しの中身《なかみ》を段《だん》ボール箱《ばこ》にそっくり入れて、家に持って帰ったつもりだったのに。」

すぐそばに陽菜子《ひなこ》のリュックがある。リュックのポケットから落ちたのかもしれなかった。

「それで、なつかしくなって、つい声に出して読んでたの。」

陽菜子は小さく息をすった。

「その手帳、わたしが家から持ってきたんだよ。」

「えっ、そうなの？」

お母さんがおどろいて陽菜子を見る。

「和室《わしつ》に落ちてたのをわたしが見つけてずっと持ってたの。今日《きょう》もわたしがここに持ってきたの。」

「そうだったんだ。ぜんぜん気がつかなかった。」

お母さんははっとした表情《ひょうじょう》になった。

「もしかして最後《さいご》のページ、読んだ？」

「うん。」

陽菜子《ひなこ》がうなずくと、お母さんはきまりわるそうにうつむいた。

時計を見ると十二時前だ。

夕方、あれほど鳴いていたヒグラシの声はもうきこえない。

エアコンはきられ、窓《まど》は網戸《あみど》になっている。入ってくる風は涼《すず》しいというより、寒いくらいだった。東京から一時間しか離《はな》れていないのに、夜の気温がぜんぜんちがう。

「わたしね。」

うつむいたまま、お母さんが口をひらいた。

「ここに書いていることを、自分のお母さんにずっといいたかったの。でもいえなかった。」

陽菜子は声を出さずにうなずいた。

「あんなひどいお母さんにはならない、絶対《ぜったい》になるわけがないって思ってたのに、結《けっ》

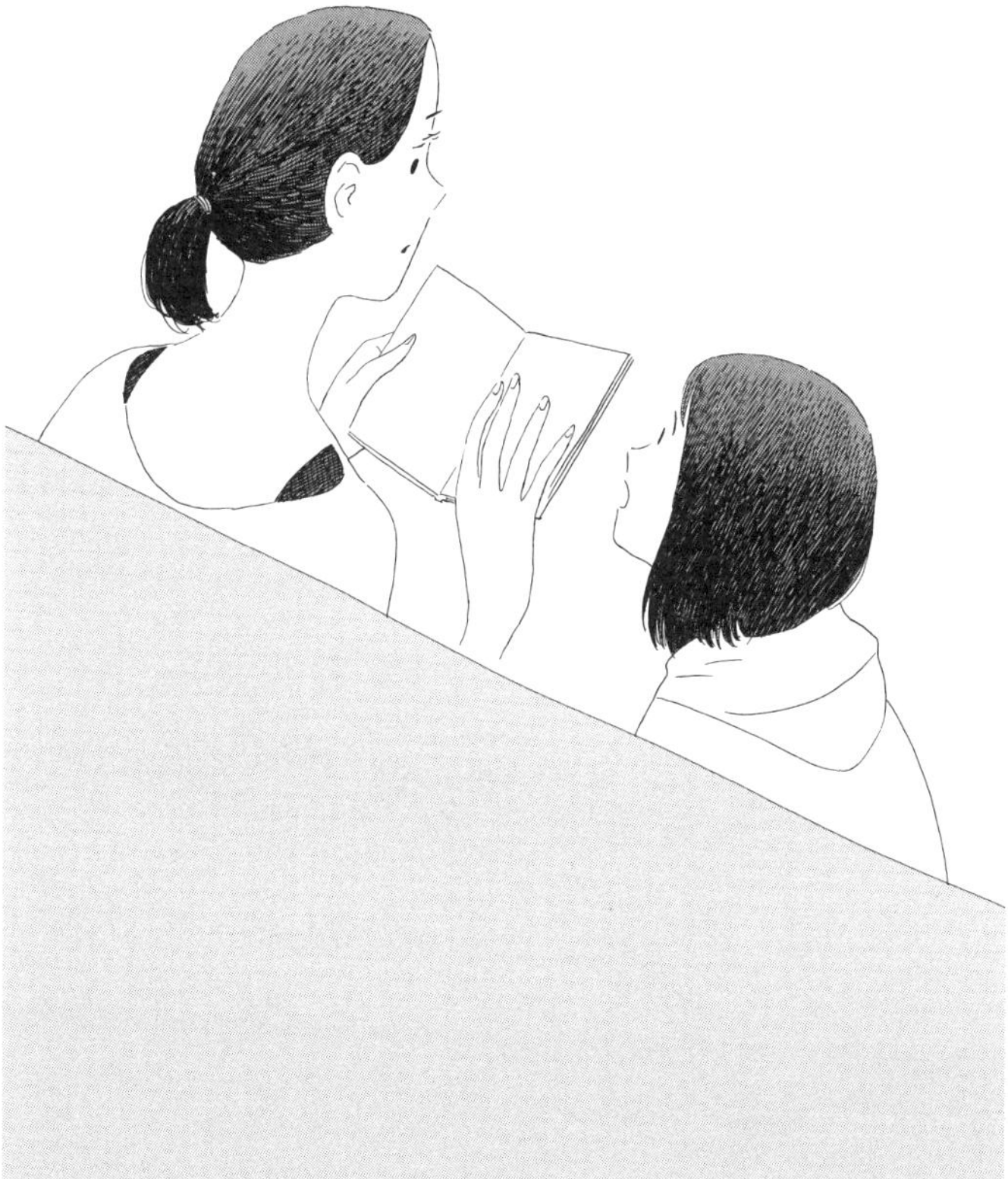

局《きょく》、同じことをしてたのね。」

お母さんの声は鼻がつまっている。もしかして泣《な》いてる？　そう思ったとたん、胸《むね》がしめつけられる。子どもは親が好《す》きだから、悲しませたくない、というスージーの言葉を思いだす。

「でも、おばあちゃんとお母さんはタイプがちがうよね。」

陽菜子《ひなこ》は励《はげ》ますようにちょっといった。

「タイプはちがっても、やってることは同じよ。子どもの気持ちがわかっていないお母さんだわ。」

顔をあげたお母さんはやっぱり目が赤かった。陽菜子を見て頭をさげた。

「ごめんね。」

「えっ、あの。」

なんと返事《へんじ》をしたらいいのかわからない。

もちろん、ほっとする。だけど、これで解決《かいけつ》したということだろうか。急にあやまられても、どう思えばいいのかわからない。お母さんは陽菜子の気持ちをぜんぶわかってくれたんだろうか。

お母さんは手にしている手帳《てちょう》を見つめた。

「最後《さいご》のページ、昔のわたしが書いたのに、この気持ち、もうすっかり忘《わす》れてた。おばあちゃんと離《はな》れて暮《く》らすようになってから、なにも考えないようにしてきたし、実《じっ》際《さい》、なにも感じなくなってたし、それに死《し》んじゃって本当にいなくなっちゃったし……。」

それからため息をついた。

「でも、三十年ぶりに読んで、わたしがどんなに陽菜子《ひなこ》の気持ちとずれているのか、ちょっとだけわかった気がした。この手帳《てちょう》は、あのころのわたしの気持ちそのものね。」

「気持ち？」

「そう。親にいいたいけど、どうしてもいえなかった子どもの気持ち。」

はっとする。そういえば、スージーもそんなことをいっていた。

「お母さん、おねがい！　その手帳、わたしにちょうだい。どうしてもほしいの。」

陽菜子《ひなこ》は頭をさげた。

「え？」

お母さんはびっくりしたように、陽菜子の必死《ひっし》な顔と手帳《てちょう》を交互《こうご》に見る。それから、ちょっと笑《わら》った。

「もちろん、どうぞ。こんな古い手帳でよければ。」

「ありがとう！」

陽菜子は受けとると、ぎゅっとだきしめた。

「あっ、でも」と、お母さんがいった。

「やっぱり、だめなの？」

陽菜子はあせる。

「じゃなくて、もしわたしがまた読みたくなったら貸《か》してね。今、読んでおぼえたつもりだけど。」

陽菜子は「うん、いつでも」と、笑《わら》ってうなずいた。

それから陽菜子《ひなこ》とお母さんは二人《ふたり》で少ししゃべった。陽菜子は、恵《めぐみ》おばさんの整理《せいり》を手伝《てつだ》ったこと、お母さんは、お兄ちゃんが今日《きょう》の試合《しあい》で二打数《だすう》一安打《あんだ》だったこと。最初《さいしょ》はぎこちなかったが、すぐにふつうの感じにもどっていく。

「こっちは夜、すごく涼《すず》しいね」と、陽菜子がいうと、

「どうして、うちのほうの夜が暑いのか、わかる？」と、お母さんがたずねた。

「ビルが多いからでしょ。」

「そう、ビルや建物《たてもの》が密集《みっしゅう》しているし、地面はアスファルトやコンクリートでおおわれているし、そういうものは昼間の熱《ねつ》をためるの。そのうえ、夜もずっとエアコンの室外機《しつがいき》から熱風《ねっぷう》が出ているでしょう。夜の気温は、東京のほうが南の地方《ちほう》よりも高いくらいよ。」

お母さんの解説《かいせつ》をききながら、陽菜子はちょっとおかしくなった。お母さんはやっぱりお母さんだ。

急にお母さんが時計を見た。

「たいへん、一時になるわ。もう寝《ね》なきゃ。」

陽菜子《ひなこ》はとなりの部屋にもどり、布団《ふとん》に入った。お母さんも居間《いま》の明かりを消し、となりの布団に入る。

「おやすみ、陽菜子。」

「おやすみ。」

陽菜子は目をつぶった。

でも、一度寝《ね》たせいか、なかなか眠《ねむ》くならなかった。お母さんもすぐに寝つけないらしく、何度も寝がえりをうっている。それでもしばらくすると、規則正《きそくただ》しい寝息《ねいき》がきこえてきた。

陽菜子は目をあけ、枕《まくら》もとに置《お》いた手帳《てちょう》に手をのばした。

暗いなか、手帳の表紙《ひょうし》を見つめる。

スージー。

会いたくなったら、きっとまた会えるよね。

そう思いながら、手帳をそっとなでる。

胸《むね》に置いたまま目をつぶると、だんだん眠くなってきた。

ここちよい眠気《ねむけ》につつまれた陽菜子《ひなこ》の耳に
「いつかまた会おうね、ひなこちゃん。」
スージーの声がきこえた気がした。

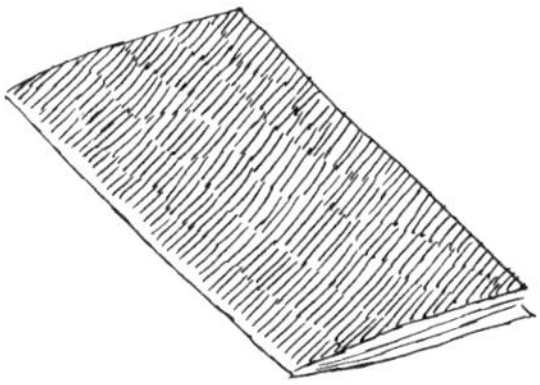

15　変《か》わるのはたいへんだけど

つぎの朝、六時半に陽菜子《ひなこ》とお母さんが家につくと、お兄ちゃんが先に帰ってきていた。

「颯太《そうた》、もう帰ってきたの？」

お母さんがおどろいた。

「颯太の学校は今日《きょう》は休みでしょう。もう少しゆっくり帰ってくるって思ってた。」

「いや、今からまた出かける。今日遊園地《ゆうえんち》に行くことになったんだ。平日《へいじつ》だから、すいてるかもしれないって話になってさ。それで早朝《そうちょう》に解散《かいさん》して、またすぐ集合。」

「じゃ、すぐ出るの？」

「できるだけ早く。だから早く朝ごはんにして。」

「わかった。ちょっと待《ま》っててね。」

お母さんは荷物を置《お》くと、急いで台所に行く。

陽菜子《ひなこ》は自分の部屋に入った。

この部屋を空《あ》けていたのはたったの一日だ。でも、もっと長い時間がたった気がする。机《つくえ》の上につまれているテキストやノートもなつかしく感じる。

そのとき、お母さんの大声がした。

「陽菜子、パンをトースターに入れて！」

陽菜子が台所に行くと、お母さんが早口《はやくち》でいう。

「トースターに入れたら、冷蔵庫《れいぞうこ》のヨーグルトを出して。あと紅茶《こうちゃ》も三ついれといて。」

お兄ちゃんを見ると、ソファーにすわっている。またすぐ出かけるといったわりには、準備《じゅんび》するようすもなく、テレビをぼうっと見ている。

陽菜子はむっとして、お母さんの顔を見た。でもお母さんはなにも気がついていない。野菜《やさい》をゆでながら急いで卵《たまご》をいためている。

昨日《きのう》、陽菜子《ひなこ》の気持ちをわかってくれたんじゃないのか。

「お兄ちゃんは、どうして手伝《てつだ》わなくていいの？」

「えっ。」

お母さんがきょとんとして陽菜子を見た。それからはっと気がついた表情《ひょうじょう》になった。

「そうか、そうだった。」

そのときちょうど、お兄ちゃんがこちらを見た。陽菜子とお母さんの会話がきこえたのかと思ったら、ちがった。

「このぶらぶらしているやつ、じゃまなんだけど。もう乾《かわ》いてんじゃないの。」

お兄ちゃんはそういって、天井《てんじょう》から干《ほ》されている洗濯物《せんたくもの》をゆびさす。昨日、お母さんが出かける前に洗濯して干していったのだろう。

「じゃあ颯太《そうた》がおろしてたたんで。」

お母さんが強くいった。

「えっ、おれが？」

「わたしたちは今、朝食を用意しているのよ。」

「えーっ。」

お兄ちゃんは不服《ふふく》そうな顔をしたが、しぶしぶ洗濯物《せんたくもの》をおろし、たたみはじめた。見ると、『洋服屋《ようふくや》さんだたみ』どころか四角くもない、ただ丸めるようにしている。

そのあいだに陽菜子《ひなこ》とお母さんは、トーストとスクランブルエッグ、アスパラとトマトのサラダとヨーグルトを用意した。

時計は、ちょうど七時になったところで、いつもの朝よりだいぶ早い。陽菜子はほっとしてゆっくり食べはじめた。

お兄ちゃんも食べはじめたが、まだ不満《ふまん》そうだった。

「なんか最近《さいきん》へんだよな。陽菜子がどうせなにかいってるんだろうな。このあいだも『自分でやればいいじゃん』とかいってたし。」

きこえよがしに、ぶつぶついっている。

「でも本当におかしいよ。逆《ぎゃく》に、どうしてお兄ちゃんはやらなくていいと思うわけ？」

陽菜子がいいかえすと、お兄ちゃんが陽菜子をにらんだ。

「おまえは野球部《やきゅうぶ》みたいな、しばりのきつい運動部に入ったことあるのか？　おれはおまえみたいにひまじゃないんだからな。」

「わたしだって勉強しなきゃいけないんだよ。」

「塾《じゅく》に通ってるだけだろ。おれは学校も遠いし、毎日部活《ぶかつ》があるし、休日も試合《しあい》や練《れん》習試合《しゅうじあい》があるし。今日《きょう》みたいな自由《じゆう》な休日って、すごくめずらしいんだから。」

「でも、そういう時間の問題だけじゃないよね。」

陽菜子《ひなこ》は考えながらいった。

「お兄ちゃんは野球とか勉強とか通学とか時間がないというのもあるけど、男だから、やらなくてよかったってこともあるよね。お兄ちゃんはお風呂掃除《ふろそうじ》しかいわれないけど、わたしは小さいときからいろいろやらされてきたんだよ。それっておかしい。公《こう》平《へい》じゃないよ。」

「そんな、公平とかって知らないよ。おれがそうしたんじゃないし。」

お母さんが口をひらいた。

「ごめんね。それはお母さんのせい。わたしがまちがってたの。」

「じゃあ、おれにいってくるなよ。おれは現実的《げんじつてき》にむりなことはむりだから。」

お母さんがお兄ちゃんを見た。

「どうしてもできないときはしかたがないよ。だけど、それを当然《とうぜん》だと思わないで。それにわたし、別《べつ》の仕事をさがそうと思ってるし、勉強も始めるかもしれない。そしたらわたしだって時間がなくなるよ。」

「じゃあ、お母さんができる範囲内《はんいない》で適当《てきとう》にやればいいじゃん。なんだかんだいったって家のことはお母さんの仕事だろ。」

陽菜子《ひなこ》はむかっとした。ちがう、なんかちがう。

「あのさ、ごはんってだれでも食べるよね。食べたらお皿《さら》だって汚《よご》れるよね。服だってみんな着るし、部屋だってみんな使うし。だから本当は、みんなでごはんを作ってお皿を洗《あら》って洗濯《せんたく》も掃除《そうじ》もするものなんじゃないの。」

お兄ちゃんは一瞬《いっしゅん》、ぽかんとした。

が、すぐにまた不機嫌《ふきげん》な表情《ひょうじょう》になった。

「はいはい、ごりっぱな主張《しゅちょう》で陽菜子はえらいです。でも、お父さんにもこの話をしろよ。陽菜子《ひなこ》の論理《ろんり》でいけば、お父さんだってやらなきゃいけないんだからな。お父さんもびっくりするんじゃないの。めちゃめちゃ働《はたら》いてるのに、家事《かじ》もさせるのかよって。」

「そうね、わたしがいうわ。」

お母さんがうなずいた。

「お父さんにもできることはやってもらいたいし、できなくても、わかってもらいたいから。」

お兄ちゃんは今度《こんど》はあきれたようにお母さんを見た。

「いったい、なんなんだよ。」

お兄ちゃんはとつぜん猛《もう》スピードで食べはじめた。この場から一刻《いっこく》でも早く離《はな》れようとするように。

陽菜子はそれを見て気がついた。そういえば昨晩《さくばん》はお風呂《ふろ》に入っていない。わたしも早く食べてシャワーを浴《あ》びたい。

二人《ふたり》が猛然《もうぜん》と食べているなか、お母さんだけ、まだ考えこむような顔をしてつぶやく。

「まちがってたわたしがいうのも図々《ずうずう》しいけど、大人《おとな》ってけっこうまちがうの。」

「知ってるよ。」

陽菜子《ひなこ》はすぐにいった。お兄ちゃんもうなずく。

「そんなの常識《じょうしき》だ。」

「そうなんだけど、大人になると自分はまちがってない気がするの。そして忘《わす》れてしまう。」

「じゃ、わたしはおぼえておく。」

陽菜子がいうと、お兄ちゃんは、

「おれだって絶対《ぜったい》、忘れないぜ。」

と、最後《さいご》のトーストを口に押《お》しこんだ。

学校に行くと、となりの教室の前で、さくらちゃんと、莉紗《りさ》ちゃんと、ここちゃんに会った。

「ひなっち、おはよう!」

さくらちゃんがまっさきに手をあげる。陽菜子《ひなこ》も「おはよう」と元気にかえした。

「今日《きょう》、うちで遊ぶんだけど、ひなっちもくるよね。」

「ありがとう。でもやめとく。今日は塾《じゅく》だから。」

さくらちゃんがおどろいた顔になる。

「ちょっとくらい遊んでもいいんじゃなかった?」

「そうなんだけど……。」

陽菜子は少し口《くち》ごもったが、思いきっていった。

「でも塾は休まずに行くよ。とりあえず最後《さいご》までやってみようと思うんだ。今までいいかげんだったたから、どうなるかわからないけど。」

「えー、そうなんだー。」

さくらちゃんはすごくがっかりした表情《ひょうじょう》だ。

「誘《さそ》ってくれたのにごめんね。さくらちゃんたちと遊ぶの、すごく楽しいから、わたしも遊びたいんだけど。」

だまっていた莉紗《りさ》ちゃんが口をひらいた。

「それなら本気でね。」

えっ、と陽菜子《ひなこ》は莉紗ちゃんを見る。

莉紗ちゃんは真剣《しんけん》な目で陽菜子をまっすぐ、見つめる。

「やるなら本気で。ひなっちなら最後《さいご》までできるから。」

陽菜子も、莉紗ちゃんを見つめた。それから「ありがとう」といった。

ここちゃんも、莉紗ちゃんのとなりでにこにこしている。

さくらちゃんだけは、まだ口をちょっととがらせている。

「嫌《いや》になったらすぐにいってね。いっぱい誘《さそ》うから。」

「うん。」

三人とわかれ、自分の教室に入ろうとしたとき、窓《まど》からの光がまぶしくて、陽菜子は思わず目をほそめた。

魚住直子
（うおずみ なおこ）

1966年生まれ。広島大学教育学部心理学科卒業。『非・バランス』で第36回講談社児童文学新人賞を受賞しデビュー。『Two Trains』で第57回小学館児童出版文化賞、『園芸少年』で第50回日本児童文学者協会賞を受賞。作品に『超・ハーモニー』『クマのあたりまえ』『いろはのあした』『てんからどどん』などがある。

西村ツチカ
（にしむら つちか）

漫画家、イラストレーター。2010年、短篇集『なかよし団の冒険』でデビュー。同作で第15回文化庁メディア芸術祭マンガ部門新人賞受賞。漫画作品に『さよーならみなさん』『アイスバーン』『北極百貨店のコンシェルジュさん』、装画・挿絵を手掛けた作品に『シンドローム』『赤毛のゾラ』などがある。

いいたいことがあります！

2018年10月　1刷
2023年12月　9刷

著者＝魚住直子
画家＝西村ツチカ

発行者＝今村正樹
発行所＝株式会社 偕成社　https://www.kaiseisha.co.jp/
〒162-8450 東京都新宿区市谷砂土原町 3-5
TEL 03（3260）3221（販売）　03（3260）3229（編集）

印刷所＝中央精版印刷株式会社　小宮山印刷株式会社
製本所＝株式会社常川製本

NDC913　偕成社 186P.　20cm　ISBN 978-4-03-727290-6

Published by KAISEI-SHA. Printed in JAPAN

本のご注文は電話、ファックス、またはEメールでお受けしています。
Tel: 03-3260-3221　Fax: 03-3260-3222　e-mail: sales @ kaiseisha.co.jp
乱丁本・落丁本はお取りかえいたします。

てがるに　ほんかく読書

［偕成社 ノベルフリーク］

二ノ丸くんが調査中

石川宏千花 作　うぐいす祥子 絵

ふうがわりな二ノ丸くんが調べているのは都市伝説。それはホンモノかニセモノか。四話からなる連作短編集。

まっしょうめん!

あさだりん 作　新井陽次郎 絵

海外赴任中の父の頼みで、剣道を習うことになった成美。こんなわたしが、サムライ・ガール? さわやか剣道小説。

てがるに　ほんかく読書

ノベルフリーク F

［偕成社 ノベルフリーク］

青《ハル》がやってきた

まはら三桃 作　田中寛崇 絵

青とかいて「ハル」と読む、転校生はサーカスとともにやってくる！　日本各地が舞台の「ご当地」連作短編集。

二ノ丸くんが調査中　黒目だけの子ども

石川宏千花 作　うぐいす祥子 絵

「やめておいたほうがいい、都市伝説をためすのは」ぞくぞく、こわさがクセになる二ノ丸くんシリーズ第二弾。

考えたことなかった

魚住直子作　西村ツチカ絵

ある日、ネコに声をかけられた。

「わたしは、未来のおまえなのにょー。」

このままだと、おれの将来、たいへんなことになるらしい。いったい、どうして？

知らないうちにさせられてる競争。「ふつう」は男子がおごるもの？　おばあちゃんがなんでもやってくれる家の「居心地の良さ」。

どこかでつながりあった社会のしくみに気づいて、考えはじめる男の子の物語。

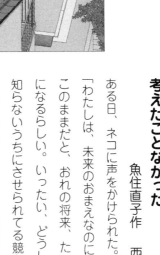